湯島天神坂
お宿如月庵へようこそ

上弦の巻

中島久枝

ポプラ文庫

目次

湯島天神坂

お宿如月庵《きさらぎあん》へようこそ

上弦の巻

中島久枝

プロローグ

お宿如月庵《きさらぎあん》は上野広小路《うえのひろこうじ》から湯島天神《ゆしまてんじん》に至る坂道の途中にある。坂を上がれば武家屋敷や昌平坂学問所《しょうへいざかがくもんじょ》がある本郷《ほんごう》界隈で、坂を下ればにぎやかな繁華街の上野広小路。不忍池《しのばずのいけ》もすぐそこで、夕闇が迫り、灯りがつく頃ともなれば、姐さんたちがつまびく三味線の音が聞こえてくる。

小さな宿だが知る人ぞ知るというのが如月庵のもてなしである。板前の料理に舌鼓を打ち、ゆっくりと風呂に入って、かゆいところに手が届くような部屋係の心遣いに浮世の悩みも消えるといわれる。

如月庵にはさまざまな名人がいるが、忘れてならないのは下足番《げそくばん》の樅助《もみすけ》だ。年は六十をいくつか過ぎている。体はやせて、手も足も枯れ木のように細い。額は後退し、残った少ない髪で小さな髷《まげ》を結っている。老人といっていい年齢の樅助だが、物忘れという言葉には縁がない。一度見たことは忘れないと思われるほどの記憶力の持ち主だ。

お客の名前はもちろん、いつ、だれと、どういう用件で来たのかを記憶している。

「この前いらしたのはたしか、三年前の秋の初め頃。お父上とごいっしょでしたね。お元気でいらっしゃいますか？」などと言うから、お客の方がびっくりする。

それだけではない。江戸で評判の料理屋、話題のみやげ物の店、人気の芝居の出し物まで、打てば響くように答えが返ってくる。江戸見物をしたい、上得意のお客を接待したい、みやげを買いたいというようなときには、樅助に相談すれば安心だ。

樅助は如月庵を支える大切な一人である。

その日、如月庵にやって来たのは一年に一度は必ず訪れる阿波《あわ》の紺屋《こんや》の主人だった。

「いらっしゃいませ。お待ちしておりました」

そう挨拶した樅助は言葉につまった。

男の名前が口に出なかった。

さっきまで覚えていたのだ。

阿波でも指折りの大きな店で、如月庵に十日ほど泊まって江戸の染め物屋を訪ね、藍玉《あいだま》を商う。家族は七人。おととし、嫁取りをして初孫が生まれたばかり。酒はあまり飲まないが、甘い物が好き。

そうしたことはすべて分かる。だが、名前が出てこない。

樅助の腋は汗でにじんだ。

「今年もお世話になりますよ。よろしくお願いいたします」

紺屋の主人は鷹揚《おうよう》に答え、仲居頭《なかいがしら》の桔梗《ききょう》に案内されて宿にあがった。

阿波屋の佐原吉左衛門《さはらきちざえもん》だと、ようやく思い出したのは男の姿が消えてからだった。

樅助は「ふうっ」と息を吐き、玄関脇の床几《しょうぎ》に腰をおろした。

今までこんなことは一度もなかった。

年のせいだろうか。

疲れているのだろうか。

たまたま、今日だけのことなのか。

客の着物の菊の柄が妙に気になった。

それがきっかけだったのか。

じわじわと不安な気持ちが湧き上がってきた。

樅助は昔から物覚えがよかった。一度見たことは忘れない。紙に絵を描くように、見たもの、聞いたものをそっくりそのまま頭にしまいこむ。思い出すときはその絵を取り出せばいいのだ。

ほかの人と頭のつくりが違うらしいと気づいたのは、呉服屋に奉公していた十歳の頃だ。重宝《ちようほう》がられたこともあったが、気味悪がられたり、疎まれることもあると気づいてからは、その力を隠すようにした。

その力を存分に発揮できるようになったのは、二十年ほど前におかみのお松《まつ》に出会い、如月庵で働くようになってからだ。

――縦助さんの一言は、縦助さんだけにできるおもてなしだ。名前や好みを覚えていてくれたのはうれしいことだからね。その力を大事にしてくださいよ。

お松はそう言った。

だから、縦助は物覚えという力を大事にし、磨いてきたのだ。

だが……。

縦助は自分の手を見た。しわが多く、節の高い年寄りの手をしていた。

老いぼれて思い出すことができなくなったら、自分の役目は終わるのだろうか。如月庵を去らねばならないのか。

そのときは、潔く自分から願い出よう。

そう決めた。

その途端、切なくなって奥歯を嚙みしめた。

数日が過ぎた。

如月庵に山形《やまがた》の紅花《べにばな》問屋の当主、城田《しろた》平八郎《へいはちろう》がやって来た。

毎年のようにやって来るので樅助もよく顔を知っている。

「いらっしゃいませ。お待ちしておりました。古田《ふるた》様」

樅助はそう言って出迎えた。

城田は一瞬、戸惑った顔になり、次の瞬間、破顔した。

「いやあ、樅助さんでもそういうことがあるんだなぁ。わしはこのごろ、物忘れがひどくて、せがれや女房から年のせいだと言われていたが、安心したよ。そうか、そうか」

笑顔で言って部屋にあがった。

樅助の頭の中にはたしかに城田平八郎という名前があった。だが、口から出たのは古田だった。

「城田様、申し訳ございません。この樅助としたことが、大変、失礼をいたしました」

樅助は平身低頭した。

そのことは、すぐにおかみのお松の耳にも届いた。

「いったい、どうしたんだい？　樅助さんらしくないねぇ。何か心配ごとがあるのかい？」

お松に部屋に呼ばれ、たずねられた。

「いや、何もありません。疲れているわけでも、どこか痛いわけでもないのです。自分でもなぜか分からないのです。以後、気をつけます」

樅助は謝った。

持ち場の玄関に戻ると、部屋係の梅乃《うめの》が座っていた。浅黒い肌にひきしまった体、くりくりとよく動く目が愛らしい十六歳の娘だ。

「樅助さんは疲れているんだから、少し奥の部屋で休んでもらいなさいって、桔梗さんが言っていました」

部屋係をまとめる桔梗の名前を出して、休憩を勧めた。

「そうか、悪いねぇ。じゃあ、少し休ませてもらおうか」

樅助は休憩するときに使っている物置の隅の部屋に行った。

これで二度目だ。

三度目もあるのだろうか。

古くなった引き出しが開けづらくなるように、自分の頭の引き出しも具合が悪くなっているのだろうか。

引き出しなら、ちょいと鉋《かんな》をかければ開くようになるのになぁ。

樅助はため息をついて、ごろりと板の間に横になった。

目を閉じると、なぜか一人の男の顔が浮かんできた。

両国《りょうごく》の川内屋《かわうちや》という呉服屋に奉公していたときの朋輩《ほうばい》の蟹吉《かにきち》だ。同じ年だった。おでこが出て鼻が低く、目は糸のように細く、目と目の間が開いていた。なんとなく蟹の甲羅に似ているので、蟹吉と呼ばれていた。人懐っこく、愛嬌がある男だった。

なぜ、今頃、蟹吉の顔を思い出したのか分からない。

記憶の井戸の底に沈めていた事柄が、浮かんできたような気がした。

その日から、樅助はなぜか、蟹吉のことが頭から離れなくなった。

樅助は川内屋では正吉《しょうきち》と呼ばれていた。人見知りの口下手で、お客にお愛想が言えず、苦労していた。

一方、蟹吉は話術も得意で、お客の好みをつかむのがうまく、顔うつりのいい色柄を選んで勧めた。お客がたくさんの反物を見て、分からなくなってしまったときなどにも、上手に数を減らして一つに絞らせることができた。

縦助の物覚えがいいことに早くから気づいて、そのお客が以前、どんな着物を買ったのかを聞きにきた。

同時に、縦助は、あのお客にはこういう柄を勧めろと教えてくれた。

二人は仲が良かった。

それだけでなく、お互いの足りないところを補い、助け合っていた。

二人が二十代半ばになったときだ。

縦助は蟹吉が金を持っているらしいことに気づいた。

二人はまだ店の二階に寝起きしていた。部屋代はかからず、着る物もお仕着せで、賄《まかな》いを食べるから金はかからないが、その代わり給金も安い。

「蟹吉、お前、どうしてそんな大金を持っているんだ?」

縦助は冗談めかしてたずねた。

「いや、今までの給金を貯めていたんだよ」とか、「祝儀が入ったんだ」とか、その都度、違うことを答えた。

縦助はある日、浅草《あさくさ》の観音裏の古着屋で真新しい着物が売られているのを見つけた。こっくりとした紫の地で、あられのように白い菊の花が散っている、その柄に見覚えがあった。それは蟹吉が売ったものだったからだ。お客のことも覚えている。丸安《まるやす》という米屋の先代主人で、今は家督を息子に譲って根岸《ねぎし》の隠居所で夫婦で暮らしていた。

「おやじさん、この着物、新しい物かい？」

縦助はたずねた。

「そうだよ。柄もいいだろう。まだ、仕付け糸がついている。一度も袖を通したことのないまっさらな品だ。安くしとくよ」

店の主はそう言った。

数が少ないとはいえ、同じ柄の反物がないとはいえない。まさか蟹吉がという思いもあった。それで蟹吉には何も言わなかった。

気になったので、それからも縦助は何度かその店を訪ねた。

ある日、また新品の着物が出ていた。

白地に淡い色で笹の模様が入った夏の柄だった。

蟹吉が同じ柄の着物を前と同じ客に売っていたことを思い出した。

お客を訪ねて根岸に行った。近所の家の話では、旦那は体を壊して寝たり起きたりで、女房の方もほとんど家から出ない。昔からいる女中が家のことをしていて、丸安の主人夫婦もあまり訪ねて来ないという。

まさかという気持ちと、やはりという思いが重なった。

根岸から戻ると縦助は蟹吉を呼び出した。

「お前、俺に隠していることはないのか」

「なんだよ、急に。俺とお前の仲だろう。隠し事なんかしねえよ」

蟹吉はとぼけた。

「根岸の隠居のことだよ」

縦助は米屋の屋号を言った。

「丸安は俺のお得意だよ。それがどうした？」

「あの家は年取った夫婦が二人だ。今さら着物でもねぇだろう」

「それでも、欲しいっていうんだからしょうがねぇ」

「ほんとに売ったのか？　金だけもらって品物はよそに流しているんじゃねぇだろうなぁ」

蟹吉の細い目が見開かれた。次の瞬間、顔を真っ赤にして怒った。

「そんなことがあるわけねぇだろう。言いがかりはよしてくれ」

「そんならいいけどさ。分からねぇと思っても、いつかばれる。人に言えないようなことはやめておくんだな」

蟹吉は悔しそうに唇を嚙み、樅助をにらんだ。

これだけ言ったから、蟹吉はあきらめたと思った。

だが、違った。

ある日、丸安の主人が店にやって来た。

母親の着物の代金を言われるままに払っていたが、調べてみたら肝心の着物が見当たらない。この半年、母親は一日のほとんどを寝ている。記憶も定かではない。そんなお客に着物を売りつけたのか。着物はどこに行ったのか。

店は大騒ぎになった。

根岸の隠居の家に行っていたのは、蟹吉一人である。

売ったと言って代金をもらい、品物はよそに流していたことも分かった。

番所に突き出されても仕方がない話だったが、店は世間の噂を恐れて内々に事を収めることにした。蟹吉は暇を出されただけですんだ。

それから三月ほど後のことだ。

お客のところに行った帰り道で、樅助は呼び止められた。人通りのない狭い路地で、冬の日はすでに暮れて、あたりは薄暗くなっていた。

振り返ると蟹吉がいた。顔つきがすっかり変わっていたので驚いた。蟹の甲羅のような顔立ちはそのままだが、愛嬌のある表情は消えて、赤黒い顔色で暗い目をしていた。髷は乱れて、着物も汚れていた。

「よくも俺を売ってくれたな。丸安からいくらもらった」

「なんの話だ？　どういうことだ？」

樅助はたずねた。

「丸安のばあさんのことだよ。気づくはずはねぇんだ。俺だって注意していたんだよ。欲をかかずに、年に一枚か二枚、それだけだ」

酔っているのか、ろれつが回らなかった。

「俺はなんにも知らねぇよ。だから言ったじゃねぇか。いずればれるって。なんで、あのとき、やめておかなかったんだ。身から出た錆《さび》ってやつだ」

「なんだとぉ」

蟹吉は激高した。

「お前だろ。お前しかいねぇよ。その賢いおつむが着物の柄を覚えていたんだ。だから気づいたんだよ」

手にぎらりと光るものがあった。

匕首《あいくち》だった。

「俺を刺すのか？」

樅助は震える声でたずねた。

「そうだよ。仲間を陥れた奴には天罰がくだるんだ」

蟹吉は匕首を突き出した。

樅助は叫び声をあげた。逃げようとしたが足がすくんで動かなかった。蟹吉の匕首が体の脇をかすった。恐ろしさでその場にしゃがみこんだ。

「助けてくれ、助けてくれ」

必死に叫んだ。腕だけで体をずりずりと動かしながら、大きな声をあげた。

「おい。どうした？　何をやっているんだ？」

声を聞きつけて、男が一人駆け寄って来た。

「ちぇ。こうしてやる」

蟹吉は匕首を樅助の腿に突き立て、逃げた。真っ赤な血が流れ出し、樅助は痛みよりも恐ろしさに声をあげて泣いた。

樅助の太腿には今でもそのときの傷が残っている。冬になると痛む。

蟹吉は大男ではない。力も強い方ではない。そんな男に匕首を見せられただけで腰を抜かすとは、なんと情けないと言う者もいた。

けれど、それは、本当の憎しみに出会ったことのない者が言う言葉だ。

蟹吉を知っているからこそ、怖かったのだ。

友達と思っていた男が変わりはて、自分を恨んでいると気づいたときの、殺したいと思うほど憎まれていると知ったときの悲しさと恐怖と絶望は言葉にはできない。

それからも樅助は川内屋で働いた。樅助の記憶力は重宝がられたが、同時に仲間や主人に疎まれる原因になった。

人というのは何かしら心暗いものを持っているものだ。人に知られたくない小さなひみつや内緒事、それを樅助に気づかれてしまうのではと心配になるらしい。

親しい友人を持つこともなく、淡々と日々を過ごしていた。

蟹吉のことがあって五年後、川内屋に突然、降ってわいたような大きな注文が入った。主人も番頭も大喜びだった。

ちょうど同じ頃、蟹吉がひょっこりと縦助を訪ねて来た。縦助は川内屋の二階を出て、長屋に部屋を借りて一人暮らしをしていた。

蟹吉は遠くに行くので、その前に縦助に会いたくなったと言った。縦助は驚いた。刺されたときのことを思い出したが、蟹吉が昔と同じ人懐っこい笑顔を浮かべていたので怖くはなかった。むしろ懐かしさがわいてきた。蟹吉は町人髷に藍の縞の着物で、お店のものらしい様子をしていた。ずいぶん年をとったなと思ったが、それはお互い様だ。

「前のことはすまねぇな。足は痛むか?」

蟹吉はやさしい声で思いやった。

「いや、いいよ。傷は治ったからさ。おめぇも今は、まっとうな暮らしをしているんだろ」

「ああ、なんとかやっているよ。俺みたいなもんでも、雇ってくれるところはあるんだよ」

「そりゃあ、よかったな」

二人で冷酒《ひやざけ》を飲んだ。

「考えてみたらさ、俺のことを本当に心配してくれたのは、お前だけだったな。六人兄弟で口減らしに奉公に出された。おやじもおふくろも俺のことを心配するより、これで冬が越せるとほっとしたことの方が大きかったさ」

「俺だって同じようなもんだよ。甲州《こうしゅう》の山の中の生まれだもん。五人兄弟の三人目。子供の頃から、俺なんかいてもいなくても、同じだって思ってたよ」

それから二人で思い出話をした。

夜遅く、蟹吉は帰って行った。

翌朝、蟹吉の死体が大川にあがった。

同時に川内屋の大口の注文の話は消えた。

だれからともなく、川内屋は金をだまし取られていて、それには蟹吉がからんでいたという噂が流れた。前の晩、蟹吉に会っていた樅助も疑われた。

結局、居づらくなって店を辞めた。

それから、あちこちの店を渡り歩いた。

縁あって如月庵に来て、樅助と名を変えて働いている。

あの晩、蟹吉はなぜ自分を訪ねて来たのだろうか。

悪事に引きずり込もうとしたのか。
それとも、許しを請いたかったのか。
別れを言いに来たのか。
分からないままだ。

第一夜

十三夜に鼻煙壺の夢

1

明日は十三夜。「のちの名月《めいげつ》」である。

八月十五日のお月見の一月後、もう一度お月見をするのだ。二度同じ場所でお月見をすると縁起がいいともいわれる。十五夜の頃は里芋がとれるので「芋名月」、十三夜の方は「栗名月」、「豆名月」とも呼ばれる。

如月庵では、お供え物の栗や豆を翌日にみんなで食べる習わしだ。

そのことを思うと、部屋係の梅乃はつい顔がほころんでしまう。

朝、部屋の掃除をしながら、ふんふんと鼻歌を歌っていたら、紅葉《もみじ》がはたきを振り回しながらやって来てたずねた。

「ねぇ、十三夜のことをほかの名前でなんて言うんだっけ」

紅葉は一つ年上の十七歳で、同じく部屋係をしている。目尻のさがった眠そうな目とぽってりと厚い唇をしている。首も手足も細いのに、胸だけが毬《まり》を入れたように前に突き出ていた。

「芋名月でしょ」

「だから、そっちじゃなくて」

「じゃあ、豆名月？」

「違う、食べ物じゃない方」

そんな名前があっただろうか。

梅乃は首を傾《かし》げた。

「ううん。ここまで出ているんだけど」

紅葉はもどかしそうに顔をしかめた。お客にたずねられたら答えられるよう覚えておきなさいと、仲居頭の桔梗に言われたのだそうだ。

「答えられなかったら、怒られちゃうよ」

「じゃあ、掃除が終わったら樅助さんのところに聞きに行こうよ」

「そうだ、それがいい」

紅葉は安心したように笑った。

樅助は物知りだ。なんでも知っている。

年中行事、ことわざ、しゃっくりの止め方から、明日の天気を知る方法、流行りの店、人気の役者の名前まで、あらゆることだ。

とくに詳しいのは、如月庵のお客のことで、名前はもちろん、いつ頃、どんな用事で泊まって、好きな食べ物は何かということまで覚えている。

梅乃や紅葉は忘れっぽいから、聞いてもすぐ忘れてしまう。同じことを何度もたずねるが、嫌な顔をしないで、そのたびていねいに教えてくれる。本当に頼りになる人なのだ。

部屋の掃除が終わると、梅乃と紅葉は玄関脇の樅助のところに行った。樅助はいつものように床几に腰をおろしていた。

「樅助さん、ちょっと教えてほしいんですけど」

紅葉がたずねた。

「え、あ？　ああ、どんなことだい」

「十三夜の別名のことなんだけど。桔梗さんに覚えておくように言われたんだけど、忘れちゃったんだ」

「十三夜、十三夜ねぇ」

樅助は眉根をよせた。

「待宵《まつよい》、あ、これは十四夜のことだ、十六夜《いざよい》、違った。えっと、あ、そうだ、『のちの月』、または『月の名残』だ」

「そう、そう。桔梗さんが教えてくれたのは、その言葉だ」

紅葉はうれしそうにうなずいた。

「『のちの月』というのは十五夜に対していう言葉だな。十五夜と十三夜を合わせて、『二夜の月』と呼ぶ。両方の月を同じ場所で見ると縁起がいいといわれていて、片方しか見ないのは『片見月』と呼ぶ」

縦助はすらすらと続けた。

「ありがとうございます」

梅乃と紅葉はていねいに礼を言った。

部屋に続く長い廊下を歩いているとき、紅葉が言った。

「ね、今日の縦助さん、少し変じゃなかった？」

「どこが？」

「思い出すのに時間がかかった」

「最初のところだけでしょ」

「そうだけど……。今までそんなこと、なかったもの」

「そうねぇ」

梅乃はそう答えたけれど、気に留めなかった。

部屋の掃除が終わると、おかみのお松が十三夜にふさわしい軸《じく》を選び、花を生ける。梅乃はそれを手伝わなくてはならない。昼を食べるお客もいるし、そうこうしているうちに今晩のお客が到着する。忙しいのだ。

その日、梅乃が受け持った二階の部屋にやって来たのは、秋田杉《あきたすぎ》を扱う商人の百《ひゃく》衛門《えもん》だった。四角い顔に細い目で、上等の着物の襟元をきちんと合わせている。奥《おう》州《しゅう》のなまりがある話し言葉はおだやかで、仕事熱心でまじめな商人ということが感じられた。

百衛門は窓から不忍池を眺めて、「気持ちのいい部屋ですねぇ」と満足そうに答えた。如月庵には、人に教えられて来たのだそうだ。

十三夜にちなんで床の間の花はすすきと萩《はぎ》で、掛け軸は墨文字ににこにこ笑うまん丸な顔の女の子の絵が添えられている。

「掛け軸の文字は月の十徳のひとつ、『月の巡転するが如く自心も無窮《むきゅう》なり』です。月がめぐるように執着の心を持たないようにという意味だそうです」

梅乃が説明をすると、百衛門は「そうか。明日は十三夜か」とつぶやいた。

床の間には九谷焼《くたにやき》の香炉《こうろ》が飾られていた。高さは五寸（十五センチほど）の四角い形で、それぞれ四季の花と小鳥が描かれ、蓋の部分には緑色の獅子がついていた。

「ほう、これはきれいだ。青と緑がいい。透き通ってしかも深みがある」

近づいてじっくりと眺めている。

「お客さんは焼き物がお好きなんですか?」

お茶を用意しながら、梅乃はたずねた。

「焼き物でもなんでも、小さくてきれいなものに興味があります。似合わないってよく言われます」

百衛門は笑った。

「だけど好きなものは鼻煙壺《びえんこ》です。鼻煙壺というのは聞いたことがありますか?」

「いいえ。名前も知りませんでした」

梅乃は答えた。

「これがそうですよ」

百衛門は荷物の中から小さな木箱を取り出した。

蓋を開けると、中に白い綿が入っている。それをていねいに取り除くと、中から青い壺のようなものが現れた。手の平に乗るほどの大きさで、全体が夏の夕暮れのような透き通った青色をしている。下はふっくらと丸く、肩の上が細くなって金色の蓋がついていた。

「嗅ぎ煙草《たばこ》を入れるためのもので、明《みん》の時代に西の国から中国に伝わったそうです。中国では今もたくさんつくられていますが、わたしたちは嗅ぎ煙草を吸わないのでほとんど入って来ない。知っている人も少ないいんです」

「では、これは中国のものなのですか?」

「そうだと聞きました。光のあるところにおくと、ほら、こんな風に青い影ができるのですよ」

百衛門が蓋をした箱の上に鼻煙壺をおくと、秋の日差しが青く長い影をつくった。

「きれいですねぇ」

梅乃は思わずため息をもらした。

「そうでしょう。これは私がはじめて手に入れた鼻煙壺です。骨董《こっとう》屋で見つけて、あまりの美しさに息が止まるかと思いました。それから、少しずつ買い集めるようになりました」

「いくつぐらいあるんですか?」

「そうですねぇ。百、いや、それではきかないかな」

「一つ、一つ全部違うんですか?」

「もちろんですよ」

梅乃が熱心にたずねたので、百衛門は相好《そうごう》をくずした。

鼻煙壺の大きさはほとんど変わらない。壺形で蓋がついているところも共通だ。

「けれど、素材が違うし、絵柄があったり、彫刻が施されていたり、千差万別なんですよ。私が大事にしているものの一つが、つやつや光る深紅や青や緑の釉薬《ゆうやく》を塗った焼き物なんです」

そう言って百衛門は床の間の九谷焼の香炉を指し示した。

「その香炉の青や緑も美しいけれど、私の鼻煙壺の色はもっと明るくて華やかで、力強い。中国をずっとずっと西の方に行くと、砂だけの町があるそうなんです。そこは一年中太陽がぎらぎらと輝いていて、汗も干上がるほどに暑い。そこで焼くと、赤も緑も青も燃えるように力強くなるのだと聞きました。あなたに見せてあげたいなぁ。本当にきれいなんです。一日中眺めていても飽きないほどだ」

百衛門はうっとりとした様子になった。

「おかげで、私は酒も煙草ものまない。着るものにも興味がない。好きなのは、唯一、鼻煙壺。それだけです」

「そんなに夢中になれるものがあるなんて、すてきなことですね」

「そう言ってくださるとうれしいです。家の者たちは私があまりに鼻煙壺に夢中になるのでいい顔をしないのです。娘なんか、子供の頃は私について歩いていたのに、今では私とろくに話をしようともしない。ちゃんと商いにも身を入れている。もう少し分かってくれてもいいと思うのですけれどねぇ」

百衛門は少し寂しそうな顔をした。

「じつは、今度の旅は商いのためでもあるのですが、ある方が鼻煙壺を譲ってくださると聞いてやって来たのです」

上野池之端《いけのはた》にめずらしい鼻煙壺を持っている者がいると聞いた。大事にしてくれる人に譲りたいという。

「これからさっそく、訪ねてみます」

百衛門はいそいそと出かけて行った。

縦助は玄関脇の床几に腰をかけて、いつの間にか眠っていたらしい。

夢の中で縦助は十歳で川内屋の手代だった。

嫁入りがあるという家に番頭のお供で出かける。蟹吉もいっしょだ。

番頭は母親と花嫁衣裳について相談をはじめる。

「これはいかがでしょうか？　めでたい宝尽くしの刺繡《ししゅう》がございます」

番頭は畳に反物を転がすようにして広げて見せる。

「色が気に入らないよ。もう少し、明るい色はないのかい？」

母親が答える。

「それでは、こちらなど、いかがでしょうか」

番頭は別の反物を同じように転がす。

「模様が気に入らないよ」

「では、こちらは？」

なかなかいい返事がもらえない。

気づくと、部屋の中にたくさんの反物が広がっている。

色とりどりの反物は波打って、まるで海だ。

母親と番頭が商談している脇で、蟹吉と樅助が反物を巻いて片付けていく。

蟹吉は手早い。次々と巻き終える。

けれど、樅助はなぜかうまく巻くことができない。気持ちばかり焦るが、手は動かない。反物は隣同士からまり、ねじれ、ついには大きなこぶになってしまう。

大変だ。大切な反物に傷がつく。

樅助はますます焦る。

「そうじゃないよ。こうするんだ」

たまりかねた蟹吉が手を貸してくれる。

だが、こぶは大きく固くなる一方だ。

どうしよう。

困った。番頭さんに叱られる。

がたりと音がして、樅助は目を覚ました。汗をびっしょりかいていた。


百衛門はなかなか戻って来なかった。

鼻煙壺好き同士、話が尽きないのかもしれない。

梅乃が玄関で待っていると、百衛門が上機嫌で帰って来た。

「ああ。遅くなってしまいました。つい、話し込んでしまったんですよ」

百衛門は言った。

「お風呂を先に浴びられますか、それともお食事にいたしますか?」

「そうですね。風呂を先にしよう。考えてみたら、さっきはお茶を一杯飲んだだけで池之端に行ったんですよ。それでこんなに長居をして、先方に失礼だったかなぁ」

はずむような口ぶりだった。

その日の膳は月見にちなんで丸い物尽くしだった。

れんこんをすりおろして団子にしてしめじとともに吸い物に。ぎせい豆腐は木綿《もめん》豆腐ににんじんや青菜や卵を入れて焼いたものだが、これも丸い形に仕立てている。なすは輪切りにして炭火で焼いて、山椒《さんしょう》の香りのするみそだれをかけた。

魚はかれいの煮つけである。

大きな皿の上にかれいの平らな身がのっている。しょうゆとみりんのつゆがかかった皮は照りが出て、甘しょっぱい香りをあげていた。

百衛門は箸を止め、じっとかれいを眺めた。

「かれいは漢字で書くと『鰈』か。丸は入っていませんねぇ」

箸を入れると、皮の下の真っ白なやわらかな身が現れた。

「おお、そうか」

百衛門は笑顔になった。

ふくらんだ腹の中に小さいけれど卵を抱えていたのだ。

「ここに丸がありましたか」

「子持ちがれいにはまだ少し早いそうなのですが、板前の杉治《すぎじ》がどうしてもと言って探しました」

梅乃はむかごご飯をよそった。

「楽しいなぁ。私はこういう仕掛けが大好きなのですよ」

「板前の杉治に伝えます。今夜のお膳はそうとう前から知恵を絞っていたようですから」

窓を開けると、月が見えた。

満月にはまだ少し間がある。暗い空にぽっかりと十二夜の月がうかんでいた。

「きれいな月だ。明日が十三夜なんですね。待つのも楽しい。無上の幸せというのはこういうことを言うのですね。目を閉じると、先ほど、見せていただいた鼻煙壺が浮かんできます。それはもう、うっとりするほど、美しいものでした」

白い磁器で、そこに繊細な筆致で女性を描いたものだそうだ。

「柳の木があって、その下に三人の美人がたたずんでいる。一人は青い服、もう一人は黄色、三人目は薄紅です。裏も同じ三人ですが、また違う様子でいるんです。その顔立ちが美しい。肌が白くて頬がふっくらとして唇が赤い。いかにも異国の美人なんですよ」

梅乃は香りのよいほうじ茶をいれて勧めた。

「だって、手の平に乗るほどの大きさなんですよ。しかも丸みがあるでしょう。そんなところに、あんな細かくてきれいな絵を描くなんて、ほんとうにすごい技ですよ」

「もう、手元にお持ちなのですか？」

梅乃はたずねた。

「いえ、今晩一晩、眺めていたいからとおっしゃられて、明日、うかがうことにしました。別れを惜しまれているようです」

百衛門は屈託なく答えた。

そんなに大切なものをどうして手放すのだろうか。お金に困っているのだろうか。

梅乃はそのことが気になった。

口には出さなかったが、百衛門にも伝わったらしい。

「池之端の立派なお宅で、村岡清涼《むらおかせいりょう》とおっしゃる名のある書家の方だそうです。かなりのお年なので、今はもうほとんどお仕事をされてないとうかがいました。多いときは百近くもあったそうですが、少しずつ手放されて、私がいただくのは最後の五個のうちの一つです。だから、骨董商ではなくて、本当に好きな方に譲りたいということでした」

「大切にしてもらいたいんですね」

「ええ。それで思わず話がはずんでしまいました」

そう言って、お椀に手をのばした。

「ああ、いい香りだ。この丸い物にはれんこんが入っているんですか？　もちもちしている」

百衛門は顔をほころばせた。

「骨董商でも鼻煙壺を知っている人はあまり多くないのです。集めている人も少ない。だから、欲しいといって手に入るものではないんですよ。はるばる海を渡って遠い旅をして日本にやって来て、縁ある人とめぐり合う。そういうものなんです」

にんじんや青菜の入ったぎせい豆腐を百衛門は口に運ぶ。

「どれもいいお味だ。話に聞いた通りですよ。来てよかった。鼻煙壺はすばらしいものだったし、宿は料理も風呂もいい。いい旅だ。私は幸せ者だ」

そう言いながら、百衛門はご飯のお代わりをした。

「ああ、お腹がいっぱいなのに、目がまだ食べたいんですよ。本当に私は欲が深い。こんなにおいしいかれいを食べたのは久しぶりだ」

目を細めた。

窓の外には太った明るい月が出ている。

百衛門は箸を止めてつぶやいた。

「月はいいですね。十五夜で満月になってそれから欠けていく。ここでおしまい。そういう決まりがちゃんとある。私はそれができない。鼻煙壺を一つ手に入れたら、もう一つ欲しくなった。そうやって集めて、眺めて、今では部屋にいっぱいだ。いったい自分はどこに行きつくのか。そんなことを考えてしまいます」

膳を下げて、洗い物をすませると、少し時間が空いた。梅乃が部屋係たちが休み場所にしている四畳半に戻ると、部屋係のお蕗《ふき》がいた。しゃべっていると、紅葉が入って来た。

「ねぇ、梅乃、月の十徳の掛け軸のことだけどさ。あんたの部屋には何が掛かっている?」

紅葉がたずねた。

「『月の巡転するが如く』よ」

「やっぱりそうかぁ」

紅葉は一人でうなずいた。

「あたし、お客さんに掛け軸の説明をするとき、そっちと勘違いして『月の巡転するが如く』って言ったら、変な顔されたんだよね。あれっ、間違ったかなと思ったから、そのまんまにして花の話をした」

「それ、まずいんじゃないの？」

「いいよ。掛け軸にはあんまり興味のなさそうな二人連れだったから」

屈託のない様子で紅葉は答えた。

「あんたのところには、どんな絵が描いてあるのさ」

お蕗がたずねた。

「女の子が手で丸をつくっている」

「それは『月の円満なるが如く自心も欠くることなし』。月が丸いように、心も円満であるようにって意味だよ」

「あ、そうかぁ」

紅葉は炒り豆をかじりはじめた。

「そもそも月の十徳ってなんだっけ？」

梅乃はお蕗にたずねた。

「月の十徳っていうのはさ、なんとかいう昔の偉いお坊さんが十の戒めを月になぞらえて説いたものだよ。おかみさんが池之端のなんとかという書家の先生と親しくて、それで書いてもらった。一枚ずつ掛け軸に仕立てて、お月見のときに部屋に掛けることにしたんだ」

お蕗は偉そうに講釈をはじめたが、肝心なところが「なんとか」になってしまう。縦助だったら、お坊さんも書家も正確な名前を教えてくれることだろう。後でちゃんとしたことを縦助に聞きに行こうと梅乃は思った。

掛け軸の文字は流れるような美しい線で、眺めているとすがすがしい気持ちになる。ただ、くずし過ぎているので何と書いてあるのかはよく分からない。梅乃もお蕗も紅葉も、添えられている、一筆書きのようなかわいらしい女の子の絵で覚えているのだ。

紅葉も突然、思い出したように言った。

「そういえば、縦助さん、このごろ疲れているのかなぁ」

「もう、いい歳だからね。そりゃあ、疲れるさ」

お蕗が答えた。

「夕方、玄関脇を通ったら、縦助さんが床几に腰かけて居眠りしているんだ。居眠りっていうより、本気で寝てたね。口を開けて苦しそうな顔をして、体が床几からずり落ちそうになっているんだよ。なんか、うなされているみたいだった。樅助さんのああいう姿をはじめて見た」

紅葉が湯飲みに出がらしのお茶を注ぎながら言った。

「それで、起こしてあげたの？」

梅乃はたずねた。

「それも悪いかなぁって思って、持っていたお盆を落としたら大きな音がしてね、それで樅助さん、起きた。ちょっと安心した。起きなかったらどうしようかと思ったんだ」

「どっか悪いのかもしれないね。一度、宗庵《そうあん》先生に診てもらったらいいのに」

お蕗が心配そうな顔で言った。

宗庵は本郷で開業している町医者で、如月庵も世話になっている。

「私たちから樅助さんに勧めてみたらいいのかしら」

梅乃も続けた。

「よし、そうしよう」

紅葉が大きな声をあげた。

「それで、宗庵先生のところへは梅乃がついて行けばいいよね」

くすくす笑って肘で梅乃の脇腹をつつく。

「やめてよ」

答えた梅乃は頬が赤くなったのが分かった。

「なんだよ。宗庵先生に何かあるの？」

お蕗が首を傾げた。

「桂次郎《けいじろう》先生の方だってば」

「あ、そうか。そりゃぁあ、すてきだものねぇ」

紅葉とお蕗は顔を見合わせて、むふふと笑う。

桂次郎は長崎で医術を学び、宗庵の元で修業を積んでいる若者だ。以前、長旅で疲れて寝込んだ子供を如月庵で預かったとき、治療にあたったのが桂次郎だ。

背が高く、手足が長い。眉が濃くて、力のある黒いきれいな目をしている。研究熱心で優秀な医者だと宗庵も太鼓判を押す。そしてなにより、医術を学んで、病気の患者さんの役に立ちたいというまっすぐな気持ちが伝わってくる好青年だ。

宗庵の医院で梅乃の姉のお園《その》も働いているので、桂次郎は梅乃に親しく話しかけてくれる。

「そんなんじゃないってば」

梅乃は否定したが、二人は笑って取り合わなかった。

2

しかし、そういう紅葉だって、心に思う人はいるのだ。

部屋係たちが寝起きする部屋で、最後まで布団にしがみついていた紅葉が起きるやいなやすばやく身支度を整え、紅をさし、竹ぼうきを持って通りに走る。そんなにしてまで表の通りの掃除をするのは、城山晴吾《しろやませいご》に会いたいからだ。

晴吾は旗本の御曹司である。しかし、偉ぶったところはひとつもない、さわやかな若者だ。鼻筋が通り、色白で品のいい顔立ちをしている。明解塾《めいかいじゅく》という和算《わさん》塾で師範代を務める頭のよさである。

その朝も、梅乃と紅葉が掃除をしていると晴吾と十歳の真鍋源太郎《まなべげんたろう》が坂を上って来るのが見えた。

「おはようございます。いいお天気ですね」

紅葉は晴吾と源太郎に挨拶する。

「紅葉さん、梅乃さん、おはようございます」

晴吾がさわやかな声で答える。

「行ってまいります」

源太郎も小さく頭を下げた。

「今日は十三夜ですね」

梅乃が声をかけると晴吾は足を止めた。

「ご存知ですか？　今度の満月はいつもよりも大きく見えるんです。今夜は晴れてますから、きっときれいなお月様が見られますよ。ぜひ、ご覧になってください」

満月にも大きく見えるものと、そうでないものがあるのだ。

梅乃ははじめて知った。

正確な暦をつくりたいというのが、晴吾の夢なのだそうだ。そのために空の星を観察して研究している。満月がなぜ、大きく見えるのか。そこには、梅乃や紅葉には理解できない難しい理屈があるに違いない。そして、その理屈を理解する頭脳が晴吾にはある。

やっぱり晴吾は自分たちとは違う人だ。梅乃はしみじみと思った。

隣の紅葉はうっとりとした顔をしている。

「忘れないように必ず見ます」

紅葉と梅乃は元気に返事をした。

はあ。

晴吾の後ろ姿を見送った紅葉は大きなため息をついた。

「あの人は私のお月様だ。手をのばしても届かない」

「そうね」

桂次郎のことが頭に浮かび、梅乃もうなずく。胸の奥がきゅっと痛くなった。


如月庵の名物のひとつが朝食だ。

梅乃がお膳を運ぶと、百衛門は身支度を整え、待っていた。

「今日こそ、あの鼻煙壺が私のものになるのかと思ったら、うれしくて朝早く目が覚めてしまいましたよ」

百衛門は満面の笑みを浮かべた。

「これから、池之端のお宅にうかがうのですか？」

梅乃はご飯をよそいながらたずねた。

「いや、その前に、仕事を片付けないとね。二、三軒、取引先を訪ねて来ます。村岡さんのところにうかがうのは、夕方ですかね」

朝食はあじの干物を焼いたもの、菊の花と青菜の酢のもの、卵焼き、えのきの佃《つくだ》煮《に》、ぬか漬け、それにしじみの味噌汁と白いご飯である。

百衛門は待ちきれないように箸を取った。

「干物もいい塩加減だ。それに脂がのっている。近頃、こんなおいしいあじの干物を食べたことがない」

百衛門は上機嫌である。

「私は元来、早起きなんですよ。いつも、家の者が寝ている時間に起き出して、一人で本を読んだりしています。だから、朝飯が楽しみなんです。今日は極楽だなぁ」

あじの干物は炭火で皮はこんがり、中の身はしっとりと焼き上げている。身の表面はうっすらと汗をかいたように水気を含み、箸でやわらかくほぐれる。

「卵焼きも好きなんですよ。こういう甘じょっぱいのがいいなぁ。秋田でしょう。味が濃いなんて言われるけど、私はこれぐらい、ちゃんと塩気を感じないとおいしくない」

ほかほかと湯気をあげる卵焼きに舌鼓を打つ。中は半熟で汁がじゅわっと流れ出る。

ご飯をお代わりして汁を飲み、お膳にはまだえのきだけの自家製佃煮が残っている。

「うーん」

百衛門はえのきだけを眺めて考えている。

「もう一膳食べるかどうか、それが悩みどころだな」

「お昼を軽くして、もう一膳食べていかれたらどうですか？　あちこち、歩かれるんですよね」

梅乃が言うと、「それもそうだ」とうなずいて茶碗を出した。

白いご飯にえのきだけの佃煮をのせ、味わいながらゆっくりと食べた。

上野広小路で、縦助は人ごみの中に蟹吉にそっくりな男を見かけた。

背は高くない。おでこが突き出ていて、鼻が低い。目が細く、目と目の間が離れている。蟹の甲羅を思わせる顔だ。

縦助は驚いて足を止めた。

蟹吉だろうか。

いや、そんなはずはない。

蟹吉は死んでしまった。生きているはずがない。

けれど、よく似ていた。

樅助は歩き出した。足に力が入らず、ふわふわと雲の上を歩いているような気がした。

これは夢か？　あの頃に戻った夢を見ているのではあるまいか。

あたりを見回すと、見慣れた上野広小路の町の景色が見えた。

そっと頭に手をやると、小さな髷にふれた。髪が細く少なくなった年寄りの髷だ。

樅助は心配になって自分の顔をたたいた。

痛かった。

それで安心して、また歩き出した。

けれど、ふわふわとした感じは消えない。

歩き出して、あっと思った。樅助は自分がどこに行こうとしているのか、忘れてしまっていた。

外がすっかり暗くなって、百衛門は腕に小さな風呂敷包みを抱えて戻って来た。

「帰りましたよ」

部屋に入ると、歌うような調子で梅乃に言った。

「鼻煙壺をいただいていらしたんですね」

「そうですよ。池之端からここまで、落としちゃいけない、転んじゃいけないとゆっくりゆっくり歩いてきました」

風呂敷包みをほどくと、桐箱を取り出し、大事そうに床の間においた。

「先にお風呂になさいますか。夕食の用意もできておりますが」

梅乃はたずねた。

「そうですね。では、お風呂にします。それからゆっくりご飯にします」

風呂あがりの百衛門はこざっぱりとして気持ちのよさそうな顔をしていた。

「さあ、私のお嬢さんたちも外に出してあげなくちゃね」

いそいそと桐箱を開けた。何重にも薄紙に守られて鼻煙壺が入っていた。

それは手の平に乗るほどの大きさで、雪のように白くなめらかな肌に三人の美しい異国の女が色鮮やかに描かれていた。

「これが、その鼻煙壺ですか？　お顔がきれいですねぇ」

梅乃も思わず声をあげた。

「そうですよ。三人ともそれぞれ表情が違うんですよ」

百衛門は目を細めた。

青い着物の娘はほがらかに笑っていた。中央の赤い着物の娘はつんとすまして、気位が高そうで、黄色い着物の娘は何かを憂いているようでもある。

「ああ、いつまで眺めていても飽きないなぁ。とにかくご飯にしよう」

名残惜しそうに香炉の脇におくと、お膳の前に座った。

十三夜のお膳は枝豆、里芋のきぬかつぎにみそだれをかけたものがあって、魚は鯛のちり蒸し。ぎんなんやかまぼこ、香りのいい三つ葉を入れた茶碗蒸しにいんげんのごま和え、栗ご飯である。

鯛のちり蒸しは昆布を敷いてそこに鯛の頭をおき、豆腐やしいたけをのせて蒸してから吸い物の汁をはっている。これをポン酢で食べるのだ。骨や軟骨からいいだしが出て、それが吸い物の汁と合わさって、白い鯛の身をひたひたと沈めている。身はあっさりとしてうまみがある。けれど、魚好きが好むのは、骨についた身や軟骨の方である。

「宿の食事はいいなぁ。少し行儀が悪くても気にしないですむ」

百衛門は鯛の骨をせせりながら、しばらく食べることに集中していた。

熱い茶碗蒸しをふうふういいながら食べ、栗ご飯をお代わりする頃になると、また、話は鼻煙壺に戻った。

「ああいう風に女の人が三人並ぶ図柄を三美神というのだそうです。南蛮の方で好まれるもので、それが中国に伝わったと聞きました」

「南蛮のものなのですか？　海を渡って来たんですか？」

梅乃が南蛮と聞いて思い出すのは、かすていらという甘いお菓子である。それは、バテレンたちといっしょに海を渡って来たという。

「海じゃなくて、陸なんです。昔むかし、砂漠の道を通って絹や金銀やいろいろなものが行き来したそうなんです。でね、三美神の図柄もいっしょに西の国から伝わった。孫悟空《そんごくう》の頃だそうですよ」

「孫悟空ですか？」

三蔵法師《さんぞうほうし》を助けて、猪八戒《ちょはっかい》や沙悟浄《さごじょう》とともに天竺《てんじく》まで旅したというあのお猿さんのことか？

いやいや、あれはお話ではないのか？

どうも、百衛門の話はお蕗の説明と同じで、大事なところが欠けていて分かりにくい。

梅乃は話半分という気持ちで、ちらりと百衛門を見た。

百衛門はお茶を飲むのも早々に、鼻煙壺のところに向かった。手の上にのせて、眺めている。

その顔は本当にうれしそうだ。

こんなに人を幸せにできるなら、もう海でも陸でもかまわない。鼻煙壺もはるばる日本にやって来た甲斐があるというものではないか。

梅乃はお膳を持って部屋を出た。


その晩は十三夜のお祝いで、杉治があんころ餅をつくった。

朱色の塗りのお皿にひと口で食べられるような小さなお餅が三つ。それにやわらかく炊いた小豆《あずき》あんをとろりとかけた。

お茶といっしょに百衛門の部屋に持って行った。

百衛門は肩を落として座っていた。

「どうなさったんですか?」

「いや、残った四つの鼻煙壺のことが気になってしまってね」

苦しそうな顔をした。

「素晴らしいものだったんですよ。見なければよかった」

一つは翡翠《ひすい》で蓋が赤い色だった。

「全体がふっくらと丸い、やわらかな姿をしているんです。その緑の色が深い森のような色だ。よく見ると、小鳥が三羽、彫ってある。楽しそうに遊んでいるんです」

百衛門はうっとりとした目になった。

二つめは白磁で山水画《さんすいが》が描かれていた。

「高い山の中腹に仙人の住む庵があって、中央には川が流れ、小舟が浮かんでいる。小さなものなのに、大きな景色なんですよ。絵の世界に引き込まれてしまいそうになってしまいました」

三つめは象牙《ぞうげ》で雲を従えて飛ぶ龍の彫刻が施されていた。

「龍の姿がいいんだ。強そうなんですよ。雲も素晴らしくてね、目と爪に金が入っていました」

百衛門はまた、ため息をついた。

最後の一つは藍色の染付で花の絵だった。

「野の花なんです。藍の色もやわらかな花の姿も、心をとらえて離さない。村岡先生もそれが一番お好きだとおっしゃっていました。きっと、たくさんの鼻煙壺を集めて、最後に行きつくのがそういうものなのかもしれません」

「そうなんですか」

梅乃は言葉につまった。

「ねぇ、だって、考えてもみてくださいよ。村岡先生はお年だ。お嬢様はご病気で、いずれはこの鼻煙壺を手放すときがくる」

「はい」

梅乃はその先に続く言葉が予想できて苦しくなった。

「だれかの手に渡るなら、私が譲り受けたい。いや、そうしてほしい。あれほどの名品をほかのだれかに譲るなんて考えるのも嫌だ」

「でも、今は先生のお手元にあるんですよね」

「そうです。もちろん。今は先生のものだ」

「最後まで残された大事な五つのうちの一つを、今晩お客さんは譲っていただいた。昨日、一晩、別れを惜しむほど大切なものだったのに」

「そうですよ。その気持ちは分かっています。いや、こんなことを言っては申し訳ないが、私の方があなたよりその苦しさを分かっている。それはもう、身を切られるようなものに違いない。私だったらとてもできない。切ないんですよ。悲しい。

い」


淋しい」

「それでも、やっぱり、手に入れたいとおっしゃるんですか？」

「だって、今、こうしている間にも、ほかのだれかが鼻煙壺を欲しいと言って訪ねて来るかもしれない。そうしたら、もう、二度と、あの鼻煙壺は私の手には入らない」

百衛門は立ち上がると、いらいらとした様子で部屋の中を歩き回った。

自分の腕で胸をたたき、爪を噛んだ。

梅乃は温かいお茶を勧めた。

「落ち着いてください。村岡先生は大切な一つをお客さんに譲られた。今すぐ、どなたかに渡すということはないと思いますよ」

「じゃあ、どうすればいいんですか。こんな気持ちで秋田に帰っても、仕事にならない。毎日、毎日、だれかがあの鼻煙壺を手に入れてしまうのではないかとびくびく心配して暮らすことになる」

「だれかに譲るときは、まず、お客さんにお手紙をいただくというお約束をされたらいかがでしょうか？」

「私は秋田にいるんだよ。手紙をもらって大急ぎで江戸に向かっても何日かかかる。

その間に、ほかのだれかが話を決めてしまうかもしれない」

「とにかく、今晩はお休みくださいませ。明日の朝、また先生のところにうかがってみたら、いかがですか?」

「そうだな。とにかくこんな夜になっては何も動けない。明日の朝、ゆっくり考えよう」

百衛門は少し気持ちが落ち着いたらしく、座って梅乃のいれたお茶を飲んだ。


困ったことになったと梅乃は思った。

明日になったら、もう一度、村岡のところに行くと言い出すかもしれない。

残りの四つをどうしても手に入れたいと、百衛門は思っている。けれど、村岡という人も今はまだ、残りの鼻煙壺を譲るつもりはないだろう。大切にしているものを強引に買い取るようなまねはしてほしくない。

けれど、あんなに夢中になっているものを、どうしてなだめたらいいだろう。

考えながら玄関に行くと、縦助が外に立っているのが見えた。一心に空を見上げていた。

「縦助さん、何か見えますか?」

梅乃はたずねた。

「見えるよ。お月様が」

「なんだ。お月様ですか」

「なんだじゃないよ。梅乃もここに来て、いっしょに月の光を浴びてごらん。体が清まるような気がするよ」

梅乃は外に出て、縦助に並んで立った。

十三夜の月は少しいびつで、大きく、明るく輝いている。

「こんな風に昔から人はお月様を眺めて、祈ったり、願ったりしてきたんだよなぁ」

「なぜなんですか?」

「いろいろ理由はあるだろうけど、わしが思うのは、月の光はやさしいからじゃないのかなぁ。お日様の光は明るくて強い、夏なんか、まぶしくて目を開けていられなくなるくらいだ。でも、月の光はやさしくて、静かに闇を照らす。見えないはず、見ないことにしていた暗がりにも光が届くんだ。毎日、きれいに掃除をしていても、いつの間にか隅の方にほこりがたまるだろ。人間も同じで、気づかないうちに少しずつ汚れがたまってくるんだよ。お月様の光はそういう汚れに気づかせてくれる。

強い言葉で叱るんじゃなくて、正してくれるんだ」

「月の十徳のことですか？」

梅乃は掛け軸のことを思い出して言った。

「そうだ、あれも月にちなんでいたね。月の十徳は六百年か七百年くらい前の覚鑁《かくばん》上人という偉いお坊さんの教えなんだよ。わしが好きなのは『月の巡転するが如く自心も無窮なり』何事にもとらわれるなっていうのだね」

縦助は難しい名前を言いよどむこともなく口にした。

――やっぱり縦助さんはいつも通りの物知りだ。

梅乃はほっと安心した。

「今、私のお客さんの部屋にかかっているのが、ちょうどそれです。でも、困ったことになっているんです」

梅乃は百衛門のことを相談した。

「残りの四つの鼻煙壺をどうしても手に入れたい。明日の朝にも、池之端の書家の先生のところにお願いに行きたいとおっしゃるのです」

「池之端の書家の先生とは、村岡先生のことだろう？」

「そうです。縦助さんは村岡先生を知っているんですか？」

「知っているもなにも、あの掛け軸を書いたのは村岡先生だよ」

梅乃は驚いて、目を見張った。

「鼻煙壺か。先生は鼻煙壺がお好きで、いいものをたくさん持っていらしたけれど、少しずつ手放した。もう最後の四つになってしまったのか。本当に大切にしていたものに違いない」

「それを譲っていただくことは、できるのでしょうか」

「どうだろうねぇ」

その先は言わず、樅助は黙って空を見上げた。

3

夜中、梅乃はかすかな半鐘《はんしょう》の音で目を覚ました。

「今、半鐘の音が聞こえなかった？」

隣に寝ている紅葉をつついた。

「聞こえないよ。夢を見たんだよ」

紅葉は寝ぼけた声で答えた。梅乃は耳を澄ませた。たしかに半鐘が鳴っている。

「違う。火事だよ」

「あんたは、火事で怖い目にあったから、すぐそんな風に思うんだよ」

「もっと、ちゃんと聞いてよ」

梅乃が騒いだので、お蕗も目を覚ました。

「そうだね。かすかに聞こえる気がする。どっちの方角だろう」

起き上がって雨戸を開けた。梅乃もいっしょになって外を見ると、不忍池の方に火があがっているのが分かった。

「そんなに大きな火事じゃないね。それにずいぶん遠い。大丈夫だよ。こっちまで来ないさ。もう寝よう。明日も早いんだから」

お蕗は布団にもぐった。

梅乃も横になったが、眠れなかった。目をつぶると二年前の火事のことが思い出された。梅乃は姉のお園と長屋で暮らしていた。その晩、お園は奉公先に行ったままで、梅乃は家に一人だった。半鐘の音で目が覚めて外に出ると空は真っ赤に染まっている。たくさんの人がこちらの方に逃げて来る。それで、梅乃は隣の部屋の常《つね》さん一家といっしょに逃げたのだ。

まぶたの裏に、ごうごうという恐ろしい音をたてて燃える炎が見えた。鼻の奥にきな臭い匂いが立ち、耳の中で人の叫び声がした。

「怖いよ。怖いよ」

梅乃は紅葉の手をしっかりと握った。

「大丈夫だよ。ここにいれば安心だよ。だって、おかみさんも桔梗さんもいる。杉治さんも樅助さんもいる。梅乃一人じゃないんだから」

紅葉が梅乃の手を強く握り返した。

梅乃は少し安心した。

もう一度眠ろうと目をつぶると、目の奥に赤い炎が見えた。たしか火事は不忍池の方だった。

不忍池……。

「池之端が火事なんですよね」

梅乃はお蕗に確かめた。

「そうかもしれないね。だけど、今晩は風もないし、今頃はもう火消しが集まって来ている。心配はないよ」

お蕗は静かな声を出した。

百衛門の顔が浮かんだ。

「私、ちょっとお客さんのところを見てきます」

梅乃はすばやく身支度を整えた。

「お客さんってだれのことさ」

お蕗が半身を起こした。

「私の部屋の人です」

梅乃は急いで百衛門のいる二階の部屋に向かった。階段をあがると、廊下に黒い人影が見えた。

「お客さん、百衛門さん。どこに行くんですか？」

梅乃は声をかけた。

「決まっているじゃないですか。村岡先生のところですよ。先生はお年を召している。何かあったら大変だ」

「もう火消しが集まっているはずです。火事はもうじき収まると思います。お見舞いなら明日の朝、うかがわれたらいかがですか？　お客さんの身に何かあったら困ります」

「危ないことなんかしないよ。先生が心配だから見に行くんだ」

百衛門はいらだったような声をあげた。先生ではない。鼻煙壺のことが気になっているのだ。

「分かりました。私もごいっしょさせてください」

梅乃は言った。

「なんでだよ」

百衛門が大きな声を出した。

「だって、私はお客さんの部屋係なんです。お客さんに危ないことをさせられませ
ん」

一瞬の間があった。

「分かりました。だったらお願いします」

玄関まで行くと、樅助が百衛門の草履《ぞうり》を用意して待っていた。

「梅乃もいっしょに行くのか？」

樅助が耳打ちした。

「はい。ついて行きます」

梅乃は答えた。

「よし、わしもすぐ後から行く。大丈夫だ。心配ない」

樅助がささやいた。

坂道を下りて上野広小路に出ると、夜中だというのにたくさんの人が出ていた。

「火事はどっちだ」

「池之端の方だってよ」

そんな声が聞こえる。

百衛門はほとんど口を利かなかった。前を向いて口をへの字にして、怒ったような顔をしながら進んで行く。その足取りが速いので、梅乃はついて行くのがやっとだった。

不忍池をめぐる道に出ると、人はますます多くなった。道の先の空の一点が赤く染まっている。火はまだ燃えているらしい。

風の向きが変わってきな臭い煙が流れてきた。

梅乃は怖くて足が震えてきた。胸がどきどきして息が苦しい。

逃げて帰りたい。

けれど、それ以上に百衛門が心配だった。

百衛門の足はますます速くなった。人をかき分け、時には押しのけ、ぶつかり、前に進んで行く。

鼻煙壺のことで頭がいっぱいらしい。

熱い風とともに黒い煙が流れてきた。

背伸びをして前方を見ると、ごうごうという音とともに赤い炎が家々を包んでいる。

「大変だ。先生の家が燃えている」

百衛門はそう叫ぶと走り出した。

「待ってください。お願いします」

梅乃は百衛門を追いかけた。


二軒の家が燃えていた。左の家はすでに屋根が落ち、座敷は煙でいっぱいだった。左の家を焼いた火は軒を伝って右の家に燃え移り、激しい火の粉をあげている。火消しが竜吐水《りゅうどすい》で水をかけると一瞬弱まるが、またすぐ勢いを盛り返す。別の火消しは三軒めのまだ燃えていない家の屋根に上って、鳶口《とびぐち》で瓦を打ち壊して火を防いでいた。

「大変だ。先生の家が燃えてしまう。先生はご無事なんだろうか」

百衛門は人ごみをかき分け、身を乗り出し、右の家に向かって叫んだ。

火消しが鳶口で雨戸を引きはがすと、音をたてて赤い炎が噴き出した。

驚いた野次馬たちが後ろに下がり、一人の男が押されて転び、叫び声をあげた。けれど、後から後から人が集まって来て、人の輪はすぐに縮まる。

「ばか野郎。近寄るんじゃねぇ。死んでもいいのか」

火消しが野次馬たちを叱りつけた。

「先生、村岡先生。どこにいらっしゃいますか？　お怪我はないですか？　返事をしてください」

百衛門は大きな声をあげて、人ごみをかき分けていく。

「村岡先生、村岡先生」

梅乃も声をあげた。

そのとき、だれかが叫んだ。

「おい。まだ、中に人がいるぞ」

百衛門は棒を飲んだような顔をして立ちすくんだ。

「お客さん、百衛門さん。お願いです。ここにいてください。助けに行かないでください」

梅乃は百衛門の袖をしっかりとつかんだ。

「行かないよ。行けないよ。怖くて行かれないよ」

百衛門の声がかすれている。

「俺が行く」

声とともに火消しの半纏《はんてん》が家の中に消えた。後を追うようにもう一人、黒い影が続いた。

梅乃は恐ろしさに目をつぶり、しゃがみこんだ。

「おとうちゃん、おかあちゃん、助けて」

緑の石が入っているお守り袋をしっかりと握った。その手がぶるぶると震えた。

突然、がらがらと大きな音をたてて、太い梁《はり》が落ち、真っ赤な火の粉が飛び散った。人々の間から悲鳴と叫び声があがり、やがてそれはため息に変わった。

百衛門と梅乃はただ黙って燃え盛る火を見つめていた。

どれくらい時間が経っただろう。

炎の中から人影がゆっくりと姿を現した。

火消しがやせた男を支えるようにして歩いている。続く後ろの男は女を抱きかかえていた。

「助かったのか」

「よくやった」

「すごいぞ」

あちこちから声があがった。

よかった。先の一人は村岡に違いない。

梅乃は安心して涙が出た。だが、百衛門はまだ、けわしい顔をしている。

後ろの方で大きな声が響いた。

「怪我人はこちらへ。医者がおります」

声の主は桂次郎だった。横に宗庵とお園の姿が見えた。

炎の中から出て来た男たちが宗庵の方へ歩むと、人が割れて道をつくった。一人は火消しで、もう一人は板前の杉治だった。

なぜ、杉治が、ここに？

一瞬、梅乃の頭に疑問がわいた。

けれど、杉治は武術が得意で、以前、梅乃を助けてくれたことを思い出して納得した。

百衛門は「先生、先生」と叫びながら、近づいていった。火消しに支えられた村岡にすがりついて泣いた。

「先生、御無事でなによりです」

「ああ、百衛門さんか。来てくれたんだね。ありがとう。早く逃げればよかったんだけれど……。みなさんに迷惑をかけてしまった」

細い声で答えた村岡はやせた小さな老人だった。

「お嬢様とごいっしょだったから、逃げるのが遅れたのでしょう。でも、もう大丈夫ですよ。ご安心ください」

お園がやさしく声をかけた。

村岡の娘は杉治と桂次郎の手で戸板に寝かされた。中年といっていい年頃で、長患いのせいかひどくやせて、しわの多い顔をしていた。

村岡も戸板に寝かされ、宗庵の医院に運ばれるところだった。だが、百衛門は村岡の傍から離れようとしない。

梅乃は百衛門が何をたずねたいのか分かった。

だが、今、それを言ってはだめだ。

梅乃は百衛門の袖を引いた。

百衛門は梅乃の手を振り払ってたずねた。

「先生、鼻煙壺はどうなりました?」

村岡は小さく笑った。

「ご安心ください。持っていますよ。どうして、私がそれをおいて逃げるんですか。そんなはずはないでしょう」

百衛門ははじめて安心したように息を吐いた。


梅乃は百衛門を案内して如月庵に戻った。

厨房に行くと、見習いの竹助《たけすけ》がかまどに火をつけ、湯を沸かしていた。

「おかみさんからの伝言です。梅乃さんはお客様に熱いお茶を持って行くように。今、縦助さんが風呂を沸かしています。お声をかけますから、お風呂を勧めてください」

竹助の言葉に梅乃はあわてて自分の着物の臭いを嗅いだ。焦げた煙の臭いがした。

「おかみさんは？」

「桔梗さんといっしょに宗庵先生のところに、村岡先生とお嬢様の様子をうかがいに行きました。お嬢様はご病気で寝たきりなのです」

だから、村岡は逃げるのが遅れたのだ。

「村岡先生はとても有名な方です。月の十徳の掛け軸はおかみさんが直接先生にお願いして書いていただいたものです」

如月庵とも縁の深い先生だったのか。

「描かれている女の子は先生のお嬢さんです。奥様を早くに亡くされて、それからずっと先生はお嬢さんと二人暮らしです。先生はこのところ体調をくずされて、お仕事ができないので、集めていた書画や鼻煙壺を売ってお嬢さんの薬代にしているそうです」

竹助は淡々と説明をした。


梅乃は部屋にお茶を持って行った。

百衛門は赤い顔をして部屋の中を歩き回っていた。

「いやあ、すごい火事でしたね。火の勢いっていうのは怖いもんだ。今もまだ煙があがっています。あんな風に火事を間近で見たのははじめてですよ。いやあ、ほんとうにすごい、すごい」

「のどが渇いたのではないですか？　お茶をお持ちしましたので、ひと息ついてくださいませ。今、お風呂も沸かしておりますから、どうぞお入りください」

「そうか。そうですねぇ。あんなに火の粉を浴びたんだもの。お風呂に入った方がいいですね。やっぱり、よく気がつく宿だなぁ」

　座ってお茶を飲んだ。

「ああ、今、気がついた。のどがからからですよ。とにかく、村岡先生もお嬢さんも無事でよかった。一時はどうなることかと思いました。それにしても、火消しっていうのはすごいですね。あの火の中に助けに入るなんて、ふつうじゃ、考えられない。勇気があるなぁ。おかげで、助かった。よかった、よかった」

　なにが助かって、よかったのだろうか。

　村岡の命ではなく、鼻煙壺のことだったのではなかろうか。

　梅乃はそんな風に探ってはいけないと思ったが、考えずにはいられなかった。

「お嬢様を助けたのは、うちの板前の杉治です」

「ええっ、そうなの？　板前さんが？　そりゃあ、すごい。でも、なんで？　その人は火消しもやっているの？」

「いいえ。でも、村岡先生とご縁があって。この掛け軸もおかみが先生にお願いして書いていただいたものだそうです。今、おかみと仲居頭が先生とお嬢様のお見舞いにうかがっております」

「へぇ、そうなんですか。そうか。じゃあ、私もお見舞いに行かなくちゃいけないいね」

やっぱり、気になっているのは鼻煙壺のことなんだ。

梅乃は悲しい気持ちになった。

火事にあって家も家財も燃えて、当人たちもやけどをしているかもしれない。それなのに、百衛門の頭にあるのは鼻煙壺なのだ。

「鼻煙壺を売りに出したいと思うかもしれない。いや、そうですよ。きっと。早く手を打たないと、ほかの人が買ってしまうかもしれない。そんなの嫌ですよ。絶対にだめだ」

百衛門は強い調子で言うと、湯飲みをおいた。

「ねぇ、村岡先生は医院にいると言ったよね。その医院はどこなの？　私を連れていってくださいよ」

「今は先生も大変なときだと思いますから、落ち着いてからにされてはいかがですか？」

「だめですよ。そんなことをしていたら、ほかの人が買ってしまうかもしれない。おたくのおかみさんも行っているんでしょ。だったら、ちょうどいい」

百衛門はいらいらとした様子で立ち上がった。梅乃は百衛門の顔を呆然と見つめた。

如月庵についたばかりのときは人の好い、おおらかな感じがしていたのに、今の百衛門にはそうした穏やかさ、やわらかさはみじんも感じられなかった。ただもう、欲しい、欲しいという欲だけが表に立っている。

鼻煙壺を手に入れることだけが頭を占めているのだろう。

たしかに美しい。

けれど、そんなに大切なものだろうか。嗅ぎ煙草を吸わないのなら、ただの小さな壺ではないか。

火事で焼け出された村岡の心中を思いやることもなく、この機に乗じて手に入れたいと願うほどのものだろうか。

梅乃は腹が立った。それで思わず、強い調子になった。

「もう一度、村岡先生の書かれた掛け軸を見ていただけませんか？　文字は『月の巡転するが如く自心も無窮なり』です。月がめぐるように執着の心を持たないようにという意味だそうです」

「うん。そうだよ。だから？」

百衛門は少し不機嫌な様子になった。

「人として大事なことを忘れてはいけないということだと思います」

「はぁ？　なんですか？　それ、どういう意味ですか？　あなたは私に何か意見をするつもりなんですか？」

「意見するつもりはありません。村岡先生もお嬢様も火事にあわれて、今はとても大変なときです。そんなときにお見舞いに行って、その目的が鼻煙壺のことだったら悲しまれるのではないかと心配しております」

「だって家が焼けちゃったんだよ。大変だよ。先立つものはなんといってもお金ですよ。それを、私がお助けしたいと言っているんです。その考えにどこか、間違いがありますか？　なにが執着ですか？　あなたは勘違いしている。必要な人に必要なものをお届けしようというんですよ」

　どすん、どすんと畳を踏んだ。

　そのとき、竹助が風呂が沸いたと知らせに来た。

「じゃあ、私は風呂に行ってきますから。風呂からあがったら、村岡先生のところに案内してください。先生だって、金の手当てがついたほうが安心なんだ。なにも安く買いたたこうって言うんじゃない。私はほかのだれよりも、その価値が分かっている。その私が、精いっぱいの金額を用意しようと言っているんです」

百衛門は肩を揺らすようにして竹助の後について風呂場に向かった。言い過ぎた。失敗してしまった。

梅乃はうなだれた。

玄関に行くと、樅助がいた。

梅乃はいきさつを説明した。

「どうしたら、いいでしょう。お客さんは怒っちゃって。これから、村岡先生のところにお見舞いに行きたいとおっしゃっているんです」

「しょうがないねぇ。さっき、おかみさんと桔梗が戻って来たんだ。先生もお嬢さんも軽いやけどですんだけど、とにかくひどく疲れている。今、風呂なんだろ。朝まで寝てもらいな」

あんな調子で寝てくれるだろうか。

梅乃は困った顔になった。

「よし、分かった。そんなら、わしがそのお客を宗庵先生のところまで案内するさ。門前払いでも、会えなくても、それはそれでしょうがない。そんで、朝になったら出直すさ。それなら、納得してもらえるだろ」

「私もいっしょに行きます。部屋係ですから」

梅乃が言うと、樅助はうなずいた。

「そうだな。三人で行くか」


風呂からあがって着替えた百衛門と樅助、梅乃の三人で宗庵の医院に向かった。本郷に向かう坂道を十三夜の明るい大きな月が照らしている。月のうさぎの足元が少し欠けている。空は青く、白い雲まではっきりと見えた。

「今夜は明るいですなぁ。提灯がいらないくらいだ」

樅助はのんきな調子で言ったが、百衛門は口をへの字に結んでいる。気持ちが焦るのか、ずいぶん急ぎ足だ。

「お客さんは鼻煙壺を集めていらっしゃるそうですね」

「ああ、はい。そうです」

百衛門は言葉少なに答えた。

「先生が鼻煙壺に出会ったのは、もうかれこれ三十年も前のことだそうですよ。先生の先生という方は中国から来た方でね、その方からいただいたのが最初だとうかがいました」

樅助はことさらゆったりと話す。足取りもゆっくりだ。

「あの、もう少し急ぎませんか」

こんな夜中に見舞いに行くこと自体がおかしなことなのに、そんなことにも気づかない。いったい、ほかにだれが来るというのだろう。一刻でも早くつかないと、だれかに先を越されると焦っている。

「いけませんよ。夜の夜中で足元が悪いんですから、こんなところで転んで足でもくじいたら、元も子もない」

樅助はことさらにゆっくりとした口調で答える。

「最初は先生が自分の楽しみで買い集めていたそうなんですけど、そのうちに奥様とお嬢様の方が夢中になった。先生は今でこそ穏かな方ですけれども、お若いときはかなりの癇性だった。三日三晩、自室にこもって出てこない。かと思うと、明け方に腹が減ったといって飯を用意させる。まぁ、それだけならいいんだけれど、うまくいかないと奥様にあたる。なかなか難しい方であったそうです」

梅乃は戸板に寝かされた村岡の顔を思い出した。

やせて小さな老人だった。

筆をとっているときは、厳しい、鋭い目をしたに違いない。

「お嬢様は体が弱くて一日のほとんどをお座敷で寝ている。たまに起きることができても、友達がいないから一人で淋しそうにしていた。犬か猫でも飼ったら気持ちもまぎれるんでしょうけれど、先生は鳴き声がうるさいとか、毛がとんで汚れるとか言って許さない。ある日、奥様が鼻煙壺を見せたら、お嬢様はきれいだと言ってとても喜んだ。眺めていると飽きないというのです。お嬢様はお話をつくって、遊んでいたそうです」

縦助はひと息ついた。

「ですからね、あの鼻煙壺は、先生にとってというより、お嬢様にとって大切なものなんです」

「そうですか。その話は、今、はじめて聞きました」

百衛門は仏頂面で答えた。

「でも、そうやって集めた鼻煙壺がお嬢様の薬代になるのですから、まったく世の中、何が役に立つか分からない」

縦助はおだやかに言った。

「しかし、あなたは村岡先生のことを本当によくご存じだ」

百衛門は皮肉っぽく言った。

「部屋の掛け軸をご覧になったでしょう？　あれは月の十徳のひとつ、『月の巡転するが如く自心も無窮なり』です。月がめぐるように執着の心を持たないようにという意味だそうです」

「その話はさっきも聞きましたよ」

「村岡先生の字だというのは、お聞きになりましたか？」

百衛門はおやという顔をした。

「私は先生の文字を眺めていると、気持ちが洗われるような気がするのですよ。先生は欲のない無垢《むく》な方だ。奥様を早く亡くされて病気のお嬢様と二人暮らし。今はほとんどお仕事をされていない。心にかかっているのは、お嬢様のことだけだと思いますよ」

「そうですか」

それから三人は月の光を浴びながらしばらくだまって歩いた。

突然、百衛門が言った。

「私にも娘が一人おります。息子も二人いますが、娘のかわいさはまた別のものです」

それきり黙った。

月に薄い雲がかかった。雲を通して月の光が落ちてくる。

また、しばらくすると言った。

「娘がまだ幼い頃、近所がぼやを出した。うちも少し燃えて、私はやけどをした。だけど、私は自分のことより娘の方が心配でした。娘は顔にやけどをしたんですよ。傷が残ったら大変です。私ははじめて本気で神様に手を合わせた。あの子の分も、その十倍でも私は痛みに耐えるから、娘の傷を治してくださいとお願いしました。幸い、やけどの傷はきれいに治りました。もう十年以上も前のことです。娘は火事にあったことなど、すっかり忘れていますけど」

百衛門は低く笑った。

その声からいらだちが消えていた。明るい月に照らされて、百衛門の中で何かが変わったような気がした。


医院の前まで来たが、明かりは消えていた。中はしんとして物音はしない。表の戸は中からしんばり棒がしてあるのか、動かなかった。

「裏口があると思います。私が見てきます」

梅乃が走り出そうとしたとき、百衛門が言った。

「いや、結構です。こんな時間に来た私が悪かった。また、明日、出直します」

「いいんですか？」

梅乃は思わず聞き返した。

「先生はお疲れですよ。眠っているところを起こしたら申し訳ない」

百衛門は踵《きびす》を返した。

そのとき中で人の気配がして戸が開いた。梅乃の姉のお園の顔がのぞいた。

「なにか、御用ですか？」

お園はたずねた。

「村岡先生のご様子が心配でうかがいました。先生とお嬢様のご様子はいかがですか？」

百衛門がおだやかな声でたずねた。

「ありがとうございます。火の粉をたくさんかぶったので顔や手足にやけどを負われましたが、幸いどれも軽いものでした。皮膚の深いところまで至っていないので、治りも早いそうです」

「そうは言っても……。やけどは痛みますねぇ。あの痛さは経験したものでないと分からない」

百衛門がつぶやいた。

奥から桂次郎が現れて、お園に何か耳打ちした。

「村岡先生が目を覚まされて、もし、百衛門さんがいらしたのなら、少しお話をしたいとおっしゃっているそうです」

「いや、それは……」

百衛門は困ったような顔をした。

「どうぞ。先生がお待ちです」

お園にうながされて三人は医院にあがった。

案内されて廊下を進み、部屋の戸を開けると、体に白い布を巻いた男が横たわっていた。それが村岡だった。

「ああ、百衛門さん、こんな体で申し訳ない。よくいらしてくださいました」

村岡が低い声で言った。

「なにをおっしゃいます。先生、御無事でなによりです」

百衛門はひざまずいて、村岡の枕元に寄った。村岡はお園の手を借りて起き上がった。

「私はあなたにお願いがあるのですよ。ほかでもない鼻煙壺のことです。残りの四つもあなたにお譲りしたい」

そう言った村岡の目に涙が浮かび、すうっと流れた。

梅乃の胸が痛んだ。

とうとう最後の四つまで手放すことになってしまった。

切なく悲しいことだろう。

「金額はお任せいたします。お恥ずかしい話ですが、家もなにもかもすっかり焼けてしまって、今の私に残っているのはあの鼻煙壺だけなのです」

「さっき、樅助さんから話をうかがいました。お嬢様が大切にされていたものなんでしょう。本当によろしいのですか？」

「いやいや、それは娘が幼い頃の話です。鼻煙壺ははるか遠くの国から、らくだに揺られたり、船に乗せられたりして運ばれて来たんだよと言ったら、娘はそれを物語のように感じてね、自分なりのお話をつくって遊んでいたんですよ。あの子は体が弱くて、家から出られない。旅に憧れていた」

村岡は遠くを見る目になった。

「でも、娘ももう大人です。本当なら子供の二人、三人いてもおかしくない年だ」

百衛門は小さくうなずいた。その目がぬれている。

「分かりました。大切な鼻煙壺です。おっしゃってください。ご希望の金額のそれ以上で買わせていただきます」

「いやいや、それでは申し訳がない」

村岡は頭を下げると、傍らの風呂敷包みを開いた。そこには小さな桐箱が四つ入っていた。その箱から鼻煙壺を取り出した。

一つは全体が深い森のような色をした翡翠で、赤い蓋がついていた。そこに三羽の小鳥が遊んでいる。

二つめは白磁に墨で山水画が描かれていた。高い崖の上には仙人が住む庵があり、中央を流れる川には小舟が浮かんでいる。

三つめは象牙で雲を従えた龍の姿だ。龍は力強く、勇ましく、大空を縦横に駆け回っている。

最後の一つは藍色の染付で可憐な花の絵だった。

野に咲く小さな花は春の暖かい日差しを浴び、そよ風に揺れている。

「お嬢さんがつくった物語というのはどういうものだったのですか？」

百衛門がたずねた。

「いやいや、たわいもないものですよ。勇者が幸せの花を探して旅に出るのです。途中、森の小鳥や高い山の上に住む仙人や龍が助けてくれて、ついに花を手に入れることができる。そんな物語です」

「ああ」

小さなつぶやきが、百衛門からもれた。

百衛門はうつむいてじっと動かなくなった。やがて何かを決心したように顔をあげると、言った。

「これは私からのお願いです。この四つの鼻煙壺を先生にしばらく預かっていていただきたいのです」

村岡は不思議そうに百衛門を見つめた。

「お怪我が治るまで、いえ、これからもずっと。ご不要になったときに返していただければ結構です。鼻煙壺も一番、大切にしてくれる方のところにあるのが幸せでしょうから」

「いやいや、それは困ります」

手をふって断ろうとする村岡を百衛門は止めた。

「私も江戸に参りました折には先生のところに寄らせていただきます。そして、また、昨晩のように鼻煙壺を眺めながら、おしゃべりさせてください」

村岡は黙って何度も頭を下げた。

翌日、梅乃が部屋に朝食のお膳を運ぶと、百衛門はさわやかな笑みを浮かべて言った。

「いやあ、朝まで待ちきれなかった。お腹がぺこぺこですよ」

「それはようございました。今日も板前の杉治が腕をふるった朝食ですから」

梅乃はご飯をよそいながら答えた。

「いやあ、いい旅でした。これから秋田に帰ります。いろいろお世話になりました。噂に聞いた通りのいい宿だ。私はこの宿に泊まって仕合わせになれた。今日だけじゃない。明日も明後日も、これからずっとだ」

百衛門はかしこまって頭を下げた。

「どうなさったんですか？」

梅乃は少しあわてた。

「あのまま、強引に鼻煙壺を手に入れていたら、きっと後悔した。もう以前のように素直な無邪気な気持ちで鼻煙壺を楽しむことができなくなったでしょう。私は酒も煙草ものまない。着るものにも関心がない。唯一の楽しみが鼻煙壺だ。その楽しみを失うところだった。あなたに、この宿の方々に感謝しています」

「そんな風におっしゃらないでください。私は余計なことを言いましたか？」

「叱られました」

冗談めかして言ったので、梅乃は困ってうつむいた。

「これで江戸に来る楽しみが一つ増えました。江戸に来た折には先生のところにうかがっておしゃべりするつもりです」

「如月庵にもお越しください。お待ちしております」

梅乃は頭を下げた。

窓の外には青空が広がっている。床の間に掛かっているのは、村岡の書だ。

「月の巡転するが如く自心も無窮なり」

流れるような美しい書の脇で、まん丸な顔の女の子がにこにこと笑っている。

第二夜

王子の願い石と卵焼き

1

表通りから如月庵に至る路地の脇に曼殊沙華《まんじゅしゃげ》が赤い花をつけた。

「あれぇ、なんで、こんなところに。だれか植えたのか?」

樅助が首を傾げた。

曼殊沙華は球根で増えるもので、たんぽぽの種のように風にのってどこからか運ばれて来るものではないのだ。

夕方、如月庵に二人の若い娘がやって来た。通りがかりの者だが、宿をお願いしたいと言った。若い娘の二人旅はめずらしい。けれど身なりがよく、品のある顔立ちをしていた。

二人は姉妹で、姉は二十三歳の白斗《しろと》、妹は十八歳で赤以《あかい》という。王子《おうじ》まで行くつもりだったが、赤以は足が痛く、歩けなくなったそうだ。

赤以は顔色が悪くひどく疲れた様子だった。

樅助はすぐおかみのお松を呼んだ。おかみのお松は二人の様子を見て言った。

「奥の静かな離れが空いておりますよ。そこならゆっくり休むことができますよ。どこかお体の様子が悪いのですか？」

「申し訳ありません。もともと体が弱いのですが、このところ相談ごとが多く、疲れてしまいました」

部屋係の梅乃が布団を敷くと、赤以は横になった。荒い息をしていた。

「お医者様をお呼びしましょうか」

梅乃はたずねた。

「薬を持っておりますから大丈夫です」

白斗はそう答えて竹筒を取り出した。梅乃が湯飲みを用意すると、竹筒の中身を空けた。茶色のどろりとした煎じ薬が流れ出た。

赤以は半身を起こし、その薬を飲んだ。やせた細い手で湯飲みを持ち、少しずつ薬を飲む。ごくりと飲み込むたびに白いのどが上下した。まつげの濃い、切れ長の細い目で少し目尻があがっている。赤いふっくらとした唇と鼻筋の通った美しい顔立ちだった。梅乃はなぜか赤い曼殊沙華の花を思い出した。

赤以をふたたび寝かせると、白斗ははじめて安心したように部屋を見回し、床の間の掛け軸に目を留めた。

「まぁ、王子の滝」

滝野川《たきのがわ》が蛇行し、渓谷《けいこく》をつくる王子には七つの滝がある。掛け軸は一番有名な不動之滝《ふどうのたき》を描いたもので、切り立った崖から水しぶきをあげながらまっすぐに水が落ちていた。

「今朝、おかみが掛け替えたものですが、王子にいらっしゃる方をお泊めするとは思っておりませんでした。不思議なご縁ですね」

梅乃は言った。

床の間の飾りは、狐をのせた小さな白い馬の置物だ。

「王子は稲荷《いなり》神社が有名ですから、王子つながりで狐の人形を飾りました。稲荷神社のお使いの狐が、お客様の旅を見守ってくれるのではないでしょうか」

梅乃が言うと、白斗と赤以は顔を見合わせて微笑んだ。

「ありがとうございます。お守りがあるのね。この宿に来てよかったわ」

赤以が細い声で言った。

曼殊沙華は狐の松明《たいまつ》という別名がある。曼殊沙華の花が咲いてやって来たこの人たちは、どうやら稲荷神社にゆかりの人らしい。

「お料理はどういたしましょうか」

梅乃はたずねた。

「できればお精進でお願いいたします。それからお薬を煎じたいので薬缶をお借りできませんでしょうか」

　白斗が言った。


　部屋係が集まる四畳半の溜まりに梅乃が行くと、紅葉とお蕗が先に来ていた。

「離れにお客さんが来たんだね」

　お蕗が言った。

「そう。姉妹で王子稲荷に行く途中なんですって」

　梅乃が答えた。

「王子かぁ。いいなぁ。あたしは行ったことがないよ。滝があるんでしょ」

　紅葉が炒り豆をかじりながら、うっとりとした顔になった。

「前に一度行っただけだけど、きれいなところだったよ。王子稲荷には願い石っていうのがあってさ、願いごとをしながら石を持ち上げるんだ。石が軽く感じたら、願いはたやすくかなう。石が重かったら願いはなかなかかなわない」

　お蕗が言った。

「へぇ、面白いね。梅乃、あんただったら、何を願う？」

紅葉がたずねた。

「そうねぇ。おねぇちゃんと私が幸せでいられますように」

「あんたは、いい子だね」

お蕗が微笑んだ。

「あたしはいい人にめぐり合えますようにかな」

紅葉は夢見るような目をした。

「身の丈にあったね」

お蕗の言葉に紅葉は頬をふくらませた。

紅葉は晴吾が好きで、晴吾の顔が見たいばかりに毎朝、表通りの掃除をしている。晴吾はすらりとした長身で顔立ちが整っていて、気立てがよい。さらに、明解塾という和算塾の師範代を務めるほど頭がよくて、旗本家の御曹司である。とても、紅葉の手の届く人ではない。

「いいんだよ。思うだけなら」

紅葉はそう言うと、梅乃の脇腹をつついた。

「梅乃だって桂次郎さん贔屓《びいき》じゃないの」

「違うわよ。あの先生はただ……」

そう言った梅乃の頬は自分でも分かるほど熱くなった。

「すてきだよね。分かる、分かる」

お蕗がうなずいた。

患者のことを第一に考えるやさしいお医者さんで、若くて優秀で顔立ちもよい。梅乃は遠くから眺めるのが精いっぱいだ。

「じゃあ、お蕗さんなら何をお願いするの？」

「そりゃあ、気立てのいい男を見つけたいね」

「なんだ。同じじゃない」

紅葉が言う。

「あたしはあんたたちみたいに無駄な夢は見ない。まじめに仕事をしてくれればそれでいい」

お蕗はきっぱりと言った。

「ふうん」

梅乃は炒り豆を口に運んだ。

如月庵で働いている人たちは多かれ少なかれ、みんな何かの事情を抱えている。お蕗は一度所帯を持ったことがあると聞いた。それ以上のことは知らないが。

「さぁ、もう一仕事だ」

そう言ってお蕗が立ち上がった。

縦助はお客の名前と仕事、話したことを紙に書いた。今まで、そんなことをしたことがなかった。なんでも頭に入っていたからだ。

ときどき、頭の中に白いもやがかかったように感じる。ぼんやりとしてしまうのだ。

今はまだ、わずかな時間だ。

もやはすぐ晴れる。

だが、この先、もっともやが広がったらどうなるのだろう。

いやいや、先のことをあれこれ心配してもはじまらない。

白髪頭をふった。

そのとき、ふっと上野広小路で見かけた蟹吉の顔が浮かんだ。

あの男はとっくに死んだはずだ。この目で確かめた。

きっとよく似た他人だったのだろう。

蟹吉が死んだとき、番所の役人が川内屋にやって来た。人相を確かめてくれと言うのだ。蟹吉は川内屋を辞めてからまともな仕事をしていなかったらしい。住んでいた長屋にも帰って来たり来なかったりで、顔を覚えている人がいなかった。それで、店を辞めて何年にもなるのに、川内屋を頼ったのだ。

文治郎《ぶんじろう》という古株の番頭と樅助が行った。

樅助は面倒に巻き込まれるのが怖くて、前の晩、自分の長屋に来たことは黙っていた。

蟹吉は背中を刺されていた。殺されてすぐ川に投げ込まれたらしい。苦しんだのか顔をゆがめていた。顔色は青白く、水に浸かっていた皮膚は少しふやけていた。

「たしかに蟹吉です。ずいぶん長い間、見ていませんが、この顔は間違いありません」

番頭は言った。樅助もうなずいた。

昨日、生きていっしょに酒を飲んだ男が、今はこうしてむしろに横たわっている。人の命というのは、案外はかないものだな。

樅助はぼんやりと眺めた。

涙は出なかった。

ただ不思議な気がした。

それで終わったと思ったら、何日かして十手持ちが、樅助を訪ねて店に来た。前の晩、長屋に来たことをどこからか聞きつけたらしい。

すぐに主人に呼ばれた。主人の隣りには息子の角太郎《かくたろう》がいて、樅助の脇には文治郎が控えていた。

「なんだ、お前、前の晩、蟹吉と会っていたのか。何で言わなかった」

「ひょっこり、奴が訪ねて来たんで。それだけのことだったんで」

主人は怪しむような目をした。

「それだけか？　以前から時々会っていたんじゃねぇだろうな」

「そんなことはねぇです。あいつとはもう関係ねぇ。何年も居所も知らなかったんで」

「そんな奴がどうして、お前の長屋に来た。まさか、お前もやくざもんとつきあいがあるわけじゃ、ないだろうな。そんな奴はごめんだよ」

疑り深そうな鋭い目をして樅助を見た。角太郎も樅助をにらんでいる。厚い耳たぶと鼻の形が父親とよく似ていた。

川内屋の主人はまじめな男で酒も煙草もしない。奉公人の素行についてもうるさかった。蟹吉のことが起こってから、なおさら金や品物の出入りに目を光らせるようになっていた。

文治郎は渋い顔で黙って座っていた。

「しょうむない」

角太郎が不機嫌そうにつぶやいた。

この次、何かあったら自分はこの店にはいられないなと、樅助は思った。

――まったく、蟹吉、お前は、死んでからも俺に迷惑をかけたんだぞ。

樅助は心の内でつぶやいた。


板前の杉治が白斗に用意した夕食は高野豆腐をすりおろして丸め、干ししいたけといっしょに煮て、ゆでた青菜を添えた煮物椀、木綿豆腐のとろろかけ、柿の天ぷら、それに味噌汁と白いご飯、漬物だった。

梅乃がお膳を用意すると、「まぁ、きれい。おいしそう」と白斗は目を細めた。

「ねぇ、私のを分けてあげるから、少しいただきましょうよ」

「そうねぇ」

赤以が半身を起こした。

「もう一つ、お膳をご用意いたしましょうか？　少しでも食べられた方が、力がつきますよ」

梅乃が言うと、赤以が小さくうなずいた。板場に戻って板前の杉治に伝えると、

「そう来ると思ったから用意してあるよ」とすぐにもう一つお膳を用意してくれた。

赤以は香りに誘われるように箸をのばし、一口、二口と食べた。ゆっくりと咀《そ》嚼《しゃく》する。少し眠ったせいか、薬が効いたのか、さっきよりも顔色がよく、元気そうだった。


食事が終わったとき、二人を訪ねてお客がやって来た。

商人髷のよく太った、赤ら顔の男だった。

樅助ははじめて見る顔だと思った。

贅沢な絹の着物を着ていたが顔つきにどこか卑しさが感じられた。

「こちらに白斗様、赤以様というお二人がいらしているのではないでしょうか」

「はい。お泊りですが」

樅助が答えると、男は「ああ、よかった」と大きな声で言って額の汗をぬぐった。

「本郷からずっと一軒、一軒、宿を訪ね歩いて来たんですよ。申し訳ないが、すぐ、とりついでいただけないでしょうか。急ぎです。深川《ふかがわ》の森仙《もりせん》が来ていると言ってく

ださい」

その言葉は縦助から梅乃を経て、白斗に伝わった。

白斗は大きなため息をついた。

「赤以、どうする？　森仙さんが訪ねていらしたそうよ」

お茶を飲んで休んでいた赤以は小さくうなずいた。

「お会いします」

「断ってもいいのよ。森仙さんがいらしたということは、ほかの方もいらっしゃるわよ。森仙さんだけを見て、ほかの方をお断りすることはできないわ」

「だから、いらした方は全員見ます。それが私の仕事ですから」

「そんなことをしたら……」

「おねぇちゃんは黙っていて」

強い口調で赤以は白斗の言葉を封じた。

白斗はあきらめたような顔で梅乃に告げた。

「では、部屋を片付けて用意をいたします。鈴が鳴るまで、森仙さんには廊下で待っているよう、お伝えください」

梅乃は森仙を案内し、廊下で待っていた。鈴が鳴ったので部屋の襖を開けて驚いた。

　様子がすっかり変わっていたのだ。

　部屋は薄暗く、四方にろうそくが立てられ、赤い炎をあげていた。部屋の中央には白装束に着替え、手に数珠を持った赤以と白斗が座っていた。

「お尋ねの件はどのようなものでしょうか？」

　白斗が低い声でたずねた。

　ろうそくの炎が二人の顔を照らしている。

「いや、いつものように天候を占ってほしいんですよ。三日後に船が出るので、台風が心配でね」

　森仙というのは何艘も船を持つ商人だった。

「分かりました。拝見いたします」

　赤以がうなずいた。

　梅乃が部屋を出る前に占いが始まってしまったので、そのまま部屋の隅に座っていた。

　赤以は目を閉じると印を結び、口の中で呪文を唱えた。白斗も森仙も目を閉じて何かつぶやいている。

閉め切っている部屋のどこからか風が吹いてきた気がした。
梅乃は部屋を見回してはっとした。
どこか見知らぬ岩穴にいるような気がしたからだ。
目が鏡に吸い寄せられた。
暗かったはずの鏡が光っている。
赤以の祈りの声は少しずつ大きくなる。鏡の中央の光が揺れている。
梅乃は光から目が離せなくなった。
光は細い糸のように流れ、星になって散らばり、また集まって輪をつくった。
梅乃は金縛りにあったように体が動かなくなった。
どれぐらいそうしていただろうか。
「終わりました」
赤以の静かな声が響いた。
気がつくと鏡の中の光は消えて、四隅のろうそくが燃えているばかりだった。
赤以は厳《おごそ》かに告げた。
「台風はしばらく来ません。無事の航海となるでしょう」
「そうですか。台風は来ませんか。ありがとうございます」

森仙はうれしそうな声をあげ、何度も頭を下げた。白斗が塗り盆を差し出すと、懐から包みを取り出してのせた。森仙はまた頭を下げて帰って行った。

森仙を送って梅乃が部屋に戻ると、ろうそくや鏡は片付けられ、赤以が白装束のまま壁に寄りかかって肩で息をしていた。白斗も疲れた様子をしていた。

梅乃と白斗で着替えを手伝い、布団に寝かせた。

「申し訳ありませんが、私にお茶を一杯いただけないでしょうか」

白斗が言った。

「占いをすると、いつもこんな風に疲れてしまうのですか？」

梅乃がたずねると、白斗は静かにうなずいた。

「ええ。透視をすると心をたくさん使うのです。これまでにも赤以は何度も倒れました。そばにいる私も赤以ほどではありませんが、疲れます」

梅乃がいれたお茶を白斗は一口飲むと、大きな息を吐いた。

「怖がらせてしまいましたか？　でも、恐ろしいことではないのですよ」

白斗は遠くを見る目になった。

「私たちは貧しい百姓の生まれです。妹は子供の頃から人には見えないものが見えるといい、失せ物を見つけることができました。それで、人に頼まれて探し物をしていました。両親にも、祖父母にもそのような力はないので、どうしてそんなことができるのか、本当に不思議です」

赤以が十歳になったとき、評判を聞いたと言って一人の修験者が訪ねて来た。その修験者は王子稲荷で修行したのだと言った。

「自分の技を伝えよう。そうすれば、赤以の力はもっと強くなる。たくさんの人の幸せに役立てることができるし、あなたたちの暮らし向きもよくなるだろうと言いました。それで、妹はその人について一年間、修行をしたのです」

「それで、今のような占いができるようになったんですね」

梅乃は二杯目のお茶を注ぎながら言った。

「ええ。今までよりもはっきりと、いろいろなものが見えるようになったそうです。そのとき、修験者の方と約束をしたのです。お金儲けのための占いをしてはいけない。汚い欲で妹の命が削られてしまうから。でも、その言葉を私たちは守り続けることができませんでした」

梅乃は先ほど来た森仙という船主の太った赤ら顔の男を思い浮かべた。

「あるとき、米問屋の主という方がやって来ました。夏の天候を占ってほしいと言うのです。妹は夏が終わるまで順調だが、秋の台風で大きな被害を受けるかもしれないから注意をするようにと伝えました」

天候を占うことはよくあることだろう。梅乃は何がいけないのかと首を傾げた。

「そうなんです。私たちは百姓の生まれです。いつでも天候が気になります。だから、妹も私もそれがお金儲けのためだとは露ほども考えなかったのです」

米問屋は早生《わせ》の米をたくさん買いつけた。その後台風が来て、晩稲《おくて》が取れなくなって大儲けをした。

「そんなことを聞いたのはずっと後になってからです。米問屋は何度もやって来ました。そのうちに、その人の知り合いという人が訪ねて来るようになりました。お金儲けはいけないと言いますけれど、御商売というのは物の売り買いなんです。百姓の方は天候を占ってもいいけれど、問屋はいけないのか。いったいどこに線を引いていいのか。世間知らずの私たちには、分からなくなりました。ある方を見たのに、別の方をお断りするのも失礼です。そうして迷っているうちに、お金がらみの相談ばかりになってしまいました」

「倒れるほどに疲れてしまうのなら、人数を限られればいいのではないですか?」

梅乃がたずねた。

「そうしたいのです。でも、みなさまどうしても、今、見てほしいとおっしゃいます。ずいぶん、遠くからいらっしゃる方もいるのです」

白斗は深いため息をついた。

「このままでは妹の体が心配です。それで二人で相談して、妹の力を王子稲荷にお返しすることにしました。今朝早く、二人だけでそっと家を出ました。でも、この坂を上って来る途中、宿の路地で咲く赤い曼殊沙華の花を見たとき、妹が言ったのです。もう一人だけ、見なければならない方がいる。その方を待ちたい」

「その方はもういらしたのですか?」

梅乃はたずねた。

「まだのようです。きっと、これからいらっしゃるのでしょう」

白斗は言った。

そのとき、襖の向こうで桔梗の声がした。

「占いをしていただきたいと、お客様がいらっしゃいました」

白斗は悲しそうな顔をした。

「おねぇちゃん、私は大丈夫。見ますと言って」

布団の中から、赤以の細い声がした。その後、梅乃も手伝って先ほどと同じように部屋を整え、赤以を着替えさせた。
やって来たのは立派な風貌の侍だった。配下らしい若い侍がいっしょだった。
梅乃は部屋の外で待っていた。
侍たちが去って梅乃が部屋に入ると、赤以は以前よりももっと疲れた顔をしていた。
北国から鮭《さけ》の遡上《そじょう》についてたずねるため、旅をして来たそうだ。
次に来たのは南の国の商人だった。
そんな風にして何人もの人がやって来た。
最後のお客が去ったときには、赤以の顔色は土色になり、唇は白く乾いていた。
「私が待っていた方は、とうとういらっしゃらなかった」
赤以がつぶやいた。
「大丈夫、きっと明日はみえますよ」
白斗がやさしい声で言った。

2

「おはようございます」

坂道を上って来る晴吾と源太郎に梅乃と紅葉は声をかけた。

「おはようございます。いいお天気ですね」

源太郎はいつものように元気に挨拶を返した。

「おはようございます」

晴吾の声は少し小さかった。お役目をいただいて、このところずっと品川にいる。今朝は久しぶりに家に戻って来ていた。

「お疲れですか？　なんだか、元気がないようですよ」

梅乃がたずねた。

「いやいや、大丈夫です」

答えた晴吾の笑顔が硬い。

「お仕事が大変なんですよ」

源太郎が晴吾の代わりに答えた。

品川で新しい船をつくる計画があるそうだ。今までのものとは違う、大きくて速くて強い船だという。その計画に加わる者たちが全国から集められ、その一人に晴吾が選ばれた。明解塾の塾長、岩尾《いわお》冬明《とうめい》の推薦を受けたものだ。

「頭を使い過ぎたんじゃないんですか？　そういうときはどこか遠くに行って、気分を変えるといいそうですよ。それでおいしいものを食べると、もっと効き目があるそうです」

梅乃が言った。

「それはいい考えですね」

晴吾がにっこりした。

「私もお供したいです。どこがいいのかなぁ」

源太郎が首を傾げた。

「王子はどうですか？　滝があるんですよ」

紅葉が得意そうに告げる。

「王子は卵焼きが名物だ」

源太郎がほがらかに叫んだ。

「そうだなぁ。考えてみよう」

晴吾の顔にやっと笑顔が戻った。

白斗と赤以が水垢離《みずごり》をとるため、湯殿《ゆどの》を借りたいと言った。

赤以が立ち上がるのもやっとという様子をしていたので、梅乃はたずねた。

「今日ぐらい休むことはできないのですか？」

「これは決めたことですから、休むことはできません。冬の寒さの中でも続けてきました」

赤以はきっぱりと言った。

白斗が井戸の水を汲んで運び、湯殿の赤以がその水をかぶる。夏ならともかく、秋が深まった今は朝は肌寒いほど冷えて水も冷たくなった。五杯、十杯と水をかぶると、白い襦袢《じゅばん》は赤以の体にはりつき、水をしたたらせた。

赤以は震えながら、それでも歯をくいしばって水桶を持ち上げる。井戸と湯殿を何度も行き来する白斗は額に汗をかいていた。

見ている梅乃の方が辛くなった。

部屋に戻り、火鉢に火を入れたけれど、赤以は震えていた。顔は赤く、目はうるんで、額に手をあてるとびっくりするほど熱かった。

「お医者様を呼びましょう。診ていただいた方がいいと思います」

梅乃が強く言ったので、二人は納得した。宗庵の医院から桂次郎と助手としてお園が来てくれた。

部屋に入ると桂次郎は赤以に様子をたずね、熱を診て、脈をとった。

「ひどくお疲れのようですね。今日一日、宿でゆっくり休んだ方がいいでしょう。できれば占いもやめてください。これは、私からのお願いです」

白斗は困ったような顔をした。

「先生の言葉を玄関番の樅助に伝えておきます。上手に断ってくれます」

梅乃が言った。

「待ってください。まだ、もうお一人、私が占わなければならない方がいらっしゃるのです」

赤以が弱々しい声をあげた。

「その方は、いつ頃、いらっしゃるのですか?」

お園がたずねた。

「分かりません。どういう方なのかも知りません。でも、昨日、路地の脇に咲いている赤い曼殊沙華の花を見たとき、もう一人、どうしても見なければならない方がいると思いました」

「お気持ちは分かりますが、ご自分の体も大事ですよ」

桂次郎は穏やかな声で諭した。

「ですが……」

「お医者様のおっしゃることには従いましょう」

まだ何か言いたそうにしている赤以を、白斗がやさしくたしなめた。

桂次郎とお園、梅乃が部屋を出ると、白斗が追ってきた。

「先生、聞いていただきたいことがあります」

「何でしょうか」

桂次郎がたずねた。

「占いをやめようと二人で相談して決めて家を出ました。けれど、ここまで来て急に、もう一人、見なければならない人がいると言い出しました。私には、心当たりがありませんし、妹がそのようなことを言ったこともありません」

白斗は言葉を切った。

「妹は占いという自分の力を失うことが怖いのではないかと思うのです」

「なぜ、そう思われるのですか？」

桂次郎はまっすぐなまなざしを白斗に向けた。

「占いをしていれば、妹は特別な人です。たくさんの人に頼られます。でも、占いをやめたら、何者でもない、ただの人です。体が弱くて畑仕事もままならない……やっかいものです」

白斗は悲しそうな顔をした。

「そんな風に考えたらいけませんよ」

桂次郎は静かに、けれどきっぱりとした調子で否定した。

「ただの人なんて、いませんよ。みんなだれかを支えたり、支えられたりしている。一人一人が大切なんですよ。お二人は占いを通して、まわりの方の力になっていらした。未来を占うことはできなくとも、これからも人の役に立つことができると思います」

そして澄んだまなざしで白斗を見た。

「占いをやめた赤以さんを支えるのは、あなたです。あなたはまず、ご自分を大事にしなくてはいけない。ずいぶん気を張っていらっしゃるようですよ。いろいろ心配はあるでしょうが、ゆっくり休んでください。赤以さんのためにも」

その言葉に、白斗ははっとしたように大きく目を見開いた。その目がうるんだ。

「ありがとうございます」

何度も礼を言った。

その様子を梅乃は胸をときめかせて見ていた。

江戸には立派な、腕のいい医者はたくさんいる。けれど、桂次郎ほど患者の気持ちを考える医者はいないのではないだろうか。

玄関まで見送りに行った梅乃は、桂次郎に語りかけた。

「桂次郎さんはすごいです。本当のお医者様です」

「どうしたんですか？　突然」

桂次郎が笑った。

「だって、白斗さんがあんなに素直に気持ちを開いていたから」

部屋係の梅乃に話さなかった心のうちを見せていた。

「医者の前では患者は素直なものなんですよ」

「それだけじゃなくて……。あの、その……」

言葉が見つからなくて梅乃は口ごもった。お園が「梅乃」とたしなめた。

「若先生は忙しいんだから、ごちゃごちゃ言わないの」

「はい」

梅乃は肩をすくめた。

「ほめていただいてうれしいですよ。いつも宗庵先生には要領が悪いって叱られていますから」

桂次郎は帰って行った。


樅助は蟹吉のことが気になって上野広小路に出かけた。

見かけたのは蟹吉の息子ではないだろうか。

蟹吉のような顔はめずらしい。

息子がいて、それが大人になって蟹吉とそっくりの顔になった。

そう考えるのが自然な気がした。

女房はどんな女だったのだろう。

蟹吉が死んだあと、母子はどうやって暮らしを立てたのだろう。

今なら、少しばかり手を貸してもよかったような気がする。

それはこの年になって、しかも如月庵に来て暮らし向きの心配をしなくてよくなったからだ。あの頃は、蟹吉を恨んでいた。かかわりをもったばかりに、主人に嫌な顔をされ、番頭の文治郎には見張られているような気がした。結局、自分から店を辞めた。

――四十過ぎたお店者が、店を変わるのは大変なんだ。何で店を辞めたから始まって、あれこれ聞かれる。痛くない腹を探られる。口入屋が紹介するのは、こちらからお断りしたいような店ばかりだ。

気がつくと、樅助は見知らぬ路地を歩いていた。居酒屋や煮売り屋などの小さな店が押し合うように、寄りかかるように並んでいる。

一軒の店の前に桔梗の鉢があり、菊が白い花をつけていた。樅助は立ち止まって花を眺めた。以前にも、こんな風に菊の花を眺めた気がする。そのときは、横にだれかいた。

いつのことだったのか。

突然、一軒の戸が開いて若い娘が出て来た。

樅助は娘の顔に見覚えがあった。

「おきみちゃん？」

娘は驚いたように顔をあげた。

いや、そんなはずはない。おきみは川内屋で働いていた女中だ。十五で働きに来て、二十のときに嫁にいった。樅助と年はそう変わらないから六十の坂を越えているはずだ。

「おきみは、私のおばあちゃんですけど。どちら様ですか？」

娘はたずねた。

白斗と赤以の部屋に戻ろうとしたとき、廊下の向こうから紅葉が小走りでやって来た。

「おかみさんがね、あたしとあんたで王子に行きなさいって。晴吾さんと源太郎さんのお供だよ」

うれしくて目がとろけそうになっている。

「なんで？　どうして？」

梅乃はたずねた。

「だからね、朝、晴吾さんに気分転換に王子にでも行ったらって言ったでしょ。晴吾さんは今日、たまたま半日空いていて、その気になったんだよ。源太郎さんも行くから、にぎやかしにあたしたちもついて行くことになった。おかみさんがね、楽しい話をして晴吾さんを元気づけてきなさいって」

仕事に厳しいお松にしてはめずらしい。いったい、どういう風の吹き回しか？いや、これも仕事のうちなのか。それにしても、気になることがある。

「部屋係の仕事はどうするの？」

「桔梗さんとお蕗さんが変わってくれるって」

大丈夫、大丈夫と言いながら、紅葉はへへへとだらしなく笑う。

四人で遊びに行くのだ。楽しいに決まっている。

「すごいねぇ。うれしい」

梅乃は飛び上がった。


杉治が用意してくれたお弁当を持って、晴吾と源太郎、紅葉と梅乃の四人で王子に向けて出発した。

最初に行ったのは王子稲荷神社の願い石である。

稲荷神社の脇の石の狐の像がある小道を進んで行くと、赤い鳥居があり、さらに進むと小さな祠《ほこら》があり、その先のいくつにも重なった赤い鳥居をくぐる。

神社の境内にはお参りに来た人が何人もいたのに、ここまで来ると人影はなく、鳥の声だけが響いていた。

小さな古い祠があって、台座の上に一抱えほどもある石がおかれていた。

この石に願いごとをして持ち上げる。石が思ったよりも重ければ願いがかなうことは難しい。一方、軽く感じれば簡単にかなうという。

「大きな石ですねぇ」

とても持ち上げられないというように源太郎は言った。

「だからいいんじゃないの。そう簡単にかなうようなら、願いごととは言わないよ。じゃあ、まず、あたしがやってみる」

紅葉が言った。

「何をお願いするんですか？」

源太郎がたずねた。

「おかみさんや桔梗さんに叱られないように」

源太郎と梅乃は声をあげて笑った。ずっと黙っていた晴吾の顔にも笑みが浮かんだ。

紅葉は二拝して石に手をかけた。

「よし」

「頑張れ」

「もう少し」

紅葉の顔が真っ赤になった。うなり声をあげながら、石を持ち上げた。

「どうだったの？」

「どうでした？」

源太郎と梅乃が同時にたずねる。

「思ったより、重かった。がっかり」

紅葉の返事に晴吾も笑った。

源太郎の願いは「一心館《いっしんかん》で一番強くなれますように」だ。

「ずいぶん大きな願いだなぁ。一心館には剣の使い手がたくさんいるぞ。八百正《やおまさ》の御隠居だって相当なものだ」

晴吾が言ったので、源太郎は頭をかいた。如月庵を出るときには暗い顔をしていた晴吾だが、少しずつ表情が明るくなっている。

「今すぐじゃなくていいんです。少しずつ強くなれば」

源太郎はそう言って、石に細い手をかけた。

「ううう、ううう」

うなり声をあげ、耳まで赤くして石を持ち上げ、「ふう」と大きな息をついた。

「えらい、えらい」

晴吾が褒めた。

「じゃあ、今度は晴吾さんも、やってみてくださいよ。晴吾さんなら、軽々ですよ」

「いやいや、私はいいですよ」

晴吾は断った。いつもなら笑って腕試しとか言うのだろうが、その日は違った。

「やってみてくださいよ」

梅乃は言った。

「見たいなぁ。晴吾さんが軽々と持ち上げるところ」

紅葉も続ける。

願いごとがかないやすいかを占う願い石のはずなのに、いつのまにか源太郎、紅葉、梅乃の三人の気持ちは晴吾が軽々と石を持ち上げて、いつもの元気な様子に戻ってほしいという気持ちになっている。

「じゃあ、やってみますか」

晴吾は少し何かを考えた様子になった。

「よし」

石に手をかけた。

苦し気に顔がゆがんだ。腕がぶるぶる震えている。耐えきれなくなったのか、腕の力を抜くと、石はどすんと音をたてて台に落ちた。

「ああ、残念。まだ品川に行かなくちゃならないのかぁ」

晴吾は低くうめいた。

「じゃあ、最後は梅乃さんですね」

気を取り直すように源太郎が言った。

梅乃の願いは、姉のお園が幸せになれますようにだ。母が亡くなり、父も死んで、お園は梅乃の母代わりになった。不安なことも、淋しいこともあっただろうに、梅乃の前ではそんな顔を見せたことがなかった。梅乃は如月庵の部屋係になった。もう、お園に心配をかけることもない。これからは、お園は自分のことを第一に考えてほしい。

梅乃は願い石に手をおいた。力を入れると、すっと持てた。思いのほか軽い。

「あれ、あれれ？」

自分でもびっくりした。

「すごいなあ」

源太郎が手をたたいて笑った。晴吾も喜んでいる。

紅葉だけが渋い顔をしていた。

四人は稲荷神社の本殿に戻ることにした。晴吾と源太郎が先を行き、紅葉と梅乃が後に続く。

紅葉が梅乃の袖をぐいと引いた。

「まったく梅乃は気が利かないよ。昔から、人の気持ちが分からない女だと思っていたけど、今日、はっきりと分かった。あんたには思いやりってものがない」

紅葉が低い声で言った。

「ええっ、どうして？」

梅乃はわけが分からず、紅葉にたずねた。

「あの願い石、どうして軽いなんて言ったのさ」

「だって本当に軽かったんだもの」

紅葉は梅乃をにらみつけた。

「あたしも源太郎さんも、晴吾さんも重かった。梅乃が重いって言えば、あの石はもともと重かったんだってことで終わった。それなのに……」

梅乃一人が軽々と持ち上げてしまった。願い石の重さには意味があるということになった。

「ごめん……」

梅乃はうなだれた。

「次、頑張るんだよ」

紅葉は梅乃の手をぎゅっと握った。


境内に来たら、おみくじを引いている人がいた。丸い筒に番号を書いた細い棒が入っている。棒の番号を言うと、禰宜《ねぎ》が番号を書いた引き出しから、おみくじを出してくれるのだ。

「ねぇ、おみくじを引きましょうか」

梅乃が誘った。

「女の人はおみくじが好きですね。私は引いたことがありません」

晴吾が言った。

「私も引いたことはないですよ」

源太郎も答えた。

「じゃあ、二人とも今日がお初なんですね。せっかくだから、どうですか?」

紅葉に叱られた梅乃は、なんとか挽回したくて言った。

「そうか。じゃあ、やってみようか」

晴吾ものってきた。

紅葉が引いたのは小吉だった。

「静かな海に遠い帆影　願い事　時期を待て。待ち人　遅いけれども来る。失せもの　近いところを探してみよ」

まずまずである。

源太郎は吉だった。

「春の陽気に草木がのびる　勉学　励めば結果よし。待ち人　来る。失せもの　見つかる」

「次は私が引いてみます」

梅乃のくじは大吉だった。

「大空に虹がかかる　何事も進めてよろし。願い事　大きく叶う。待ち人　来る。病　本復する」

「いいなぁ。梅乃さん、すごいですねぇ」

源太郎がうらやましがった。梅乃はうれしくなって晴吾にも勧めた。

「ねぇ、晴吾さんも引いてみましょうよ」

「そうだな。せっかく神社に来たんだものなぁ」

だが、晴吾はおみくじを見た途端、顔をしかめた。

凶だった。

「ぬかるみに足を取られる様。進もうとしても障害多く、歩みは遅い。学問　先行き暗い。今は伏して時を待て」

紅葉は肩を落とした。源太郎はこぶしを握った。梅乃は困って足元を見た。

「当たっているなぁ。これは、今、まさに私のことだ。この状態はまだまだ続くんだ」

晴吾は大きなため息をつくと、ふらふらと石段に腰をおろした。

「そんなことないです。大丈夫ですよ。じきに潮目が変わるということですよ」

梅乃は言ったが、それは苦しい言い訳にしか聞こえない。紅葉が怖い顔で梅乃をにらんでいる。

考えてみれば、小吉、吉、大吉と続いたら、その上はない。最初に戻れば凶である。どうして、そのことに気づかなかったのだろう。

困っていたら、源太郎が明るい、大きな声を出した。

「なんか、お腹空いたなぁ。不動之滝の方でお昼にしませんか」

梅乃は救われたような気がして、元気よく言った。

「そうですね。不動之滝は見ものだそうですよ」

「そうですね。私も気づいたらお腹が空いている」

晴吾が笑顔を見せる。紅葉のまなざしもやさしくなった。

四人は不動之滝に向かって歩き出した。

不動之滝は梅乃たちが考えていたほど大きな滝ではなかった。高さもないし、しばらく雨が降っていないせいか水の量も足りない。それでも、晴吾の気持ちを盛り上げるべく、源太郎と紅葉と梅乃の三人は楽しそうにはしゃいだ。近くの石に腰をおろして杉治のつくったお弁当を広げた。

竹の皮に包まれたお弁当は、おいなりさんだった。それに卵焼きとごぼうのみそ漬けである。

「王子稲荷にちなんで、おいなりさんを用意してくれたんですね」

源太郎が言った。きつね色の甘辛い油揚げの中は、にんじんとかんぴょう、ごまの入った酢飯である。

「それに、王子は卵焼きが有名なんですよ」

梅乃が続ける。杉治の卵焼きはだしをきかせて、ふっくらと焼き上げたものだ。

「じゃあ、このごぼうのみそ漬けは?」

源太郎がたずねる。

「甘辛いおいなりさんの後には、塩気のあるみそ漬けがおいしいからじゃないのかしら」

梅乃が答える。

なぜか、そこで話が途切れてしまった。

晴吾は今日、とくに口数が少ない。紅葉もさっきから一言も話さない。

しゃべるのは、源太郎と梅乃ばかりだ。

「じゃあ、いただきましょうか」

「いただきます」

晴吾が小さな声で続く。紅葉は何も言わない。仕方なく、梅乃は箸を取った。

気まずい空気が流れている。

だれもしゃべらず、黙って食べた。

おいなりさんも卵焼きもみそ漬けも味がしなくなっていた。

梅乃は突然、耐えられない気持ちになった。

こんな風じゃいけない。

せっかく王子まで来たのに、こんな暗い気持ちのまま、晴吾を家に戻してはだめだ。

梅乃は顔をあげて、晴吾を見つめた。

「教えてください。晴吾さんはいったい、何をそんなに思い悩んでいるんですか？品川のお勤めが辛いんですか？　何か嫌なことがあったんですか？　話してください。私たち三人で聞きますから。そして忘れます。ほかの人にはしゃべりません」

晴吾が箸を持ったまま、びっくりしたような顔で梅乃を見た。

「おねぇちゃんが言っていました。一人で悩んではいけないんです。胸のうちにためておくと体も悪くなります。そういうときは、吐き出すんです。人に話すといいんです」

「梅乃、そういう話はご飯がすんでからにしなよ」

紅葉が言った。

「だって、晴吾さんはぜんぜん箸が進んでいないもの。さっきから見てた」

卵焼きを一切れ食べただけで、おいなりさんには手がついていない。

「そうですよ。私も知っていました」

源太郎も見ていたらしい。

晴吾は大きな声で笑った。

「みなさん、心配していただいてすみません。本当にたいしたことないんですよ。ちょっと考えごとをしていただけで、これから食べますから」

大急ぎでおいなりさんを口に運んだ。

「やぁ、おいしいなぁ」

卵焼きにも手をのばす。

「杉治さんの料理はすばらしい。おかげさまで気分がすっかり晴れました。ほら、この通り」

元気のいい声を出した。

「みなさんに気を遣わせてしまってすみません。だけど、占いのことは気にしないでくださいね。私はもともと占いなんて全然、信じていませんから」

あはははと笑って見せた。

晴吾は無理をしている。気にしないはずの占いの結果に顔を曇らせている。だが、三人は気づかぬふりをした。いつものように冗談を言ったり、はしゃいだ風をしながら帰った。

樅助が店に入ると、奥からおきみが出て来た。髪は白く、目尻にふかいしわがある。

「いやだ、正吉さんじゃないですか？　お久しぶり。何年ぶりかしら」

明るい声を出した。その途端、たしかにおきみだと思った。

「たまたまこの道を歩いていたら、おきみちゃんそっくりの人がいたんで、思わず声をかけてしまったんだよ。それはおばあちゃんですと言われて、またびっくりさ。おきみちゃんも変わらないねぇ」

おきみは一瞬戸惑ったような顔をしたが、すぐに笑顔になった。

「そんなことはないですよ。正吉さんだって、変わらない」

変わらないはずはない。髪は少なくなって小さな髷をやっと結えるほどになってしまった。顔だってしわが増えた。

「えっと、最後におきみちゃんの顔を見たのは嫁にいくので川内屋を辞めたときだから、あれから四十年……。わしは二十代半ばか」

蟹吉の事件があった年だ。おきみはまた不思議そうな顔をした。

娘がお茶を運んできた。

「せっかくだから、酒にしましょうか？」

おきみは陽気に言った。

「いやいや、まだ仕事があるから」

縦助はていねいに断った。

思い出話をしているうちに、蟹吉のことになった。

「お糸《いと》ちゃんのことを覚えていますか？」

「覚えているよ。おきみちゃんと仲が良かったよね」

「そう、あの人、蟹吉さんといい仲だったんですよ」

気づかなかった。

「内緒にしていたもの。蟹吉さんが店を辞めさせられた後、あの子もすぐお店を辞めたでしょ？」

「そうだったっけ」

縦助は頭の中の暦をくった。そうだ、お糸が辞めたのは蟹吉が去って一月後だ。里で見合いをするとか言っていた。その年、おきみともう一人、女中が嫁にいくので店を辞めた。

「あたしは止めたんですよ。これが縁の切れ目だよ。別れた方がいい。あの人といっしょにいて、いいことはないからって」

だが、お糸は蟹吉について行った。

「今、あの人のそばにだれかいなくちゃいけないって。ほんとに馬鹿だよ」

おきみは目をうるませた。

「結局、蟹吉さんとは別れて、一人で子供を育てました。以前、この店に来たときも、蟹吉さんたらお糸ちゃんのことは一言も出さなかった。飲み屋だのなんだの、あちこち馴染みの女の話をしていた」

繰り言になった。

「そうか。蟹吉はこの店に来たことがあるのか……」

縦助はつぶやいた。

おきみは縦助の目をのぞきこんだ。

「本当に忘れてしまったんですか？　蟹吉さんと何度もこの店に来たじゃないですか」

縦助は大声をあげた。

「すまん。全然、思い出せないんだ。どんな話をしていた？」

「楽しそうに笑って。蟹吉さんはいつも陽気で、正吉さんも楽しそうにしていた。あんなことがあったけれど、やっぱり二人は仲良しなんだなって思っていました」

縦助はふらふらと店を出た。

頭の中に白いもやがかかっている。

どうして覚えていないのだ。なぜなのだ。

記憶をたどろうとした。

忘れろ。蟹吉のことはみんな忘れろ。思い出すな。

どこからか、そんな声が聞こえた。


梅乃が白斗と赤以のいる部屋に行くと、赤以はまだ眠っていた。

「占わなければならないというお客様はいらしたんですか？」

梅乃は白斗にたずねた。

「いいえ。まだのようです。でも、来たら必ず分かります」

白斗は微笑んだ。


夕方、梅乃が部屋係の溜まりに行くと、紅葉が頬杖をついて何か考えていた。

「ああ、梅乃か」

「うん」

「まぁ、あんたにしてはよく頑張ったよ」

どうやら、お弁当のときのことを言っているらしい。

「だけど、あんな風にみんなのいるところで聞いても、本当のことを教えちゃくれないよ。晴吾さんは男だ。弱音を吐いちゃいけないと思っている。愚痴れるくらいなら、みんな心配してないよ」

「みんな？」

梅乃は聞き返した。自分たちのほかにだれがいるのだろう。

「分かってないねぇ。なんで、おかみさんが梅乃とあたしを王子まで行かせたと思っているんだよ。弁当まで持たせてさ。晴吾さんは品川で何かあったんだ。それで、辛い思いをしている。でも、そのことは口に出さない。だけど、そうやって一人で悩むのが一番悪い」

梅乃はうなずいた。晴吾の両親、明解塾の先輩後輩、さらに一心館の仲間たち。みんなが晴吾の様子に気づき、心配しているのだろう。

「それで、あたしとあんた、源太郎さんの四人で行かせようって話になった」

「どうして、私たち？」

「一番、罪がないっていうか。悩みがないっていうかさ」

もちろん、梅乃も紅葉も悩みはある。たくさんある。けれど、晴吾の悩みにくらべたらささいなことであるに違いない。

「あたしは晴吾さんの力になりたいと思うんだ」

紅葉はきっぱりと言った。

「どうやって？」

梅乃はおずおずとたずねた。とんでもなく思い切ったことを紅葉がするような気がしたのだ。

「まず源太郎さんに話を聞こう。あの子なら何か聞いているはずだから」

紅葉が立ち上がったので、梅乃も後に続いた。

坂下《さかした》の勘定奉行、真鍋宇一郎《ういちろう》の屋敷に行った。源太郎は今年、伯父である宇一郎の養子となり、大きくて立派なこの屋敷で暮らしている。

門番に言づけると、ほどなくして源太郎が出て来た。

「紅葉さん、梅乃さん、先ほどはありがとうございました。どうかしたのですか？」

「ちょっとおうかがいしたいことがありまして、申し訳ありませんが、この先まで来ていただいてもいいですか？」

紅葉は門番が脇にいるので、ていねいな言い方をする。

「はい。少しの時間でしたらかまいません」

源太郎は素直についてきた。

脇道に入って少し進むと、大きな楠《くすのき》があってその周りが空き地になっている。

「晴吾さんのことなんだけどね」

紅葉はいつものくだけた口調になった。

「源太郎さんは晴吾さんから、いろいろ事情を聞いているよね。どういうことになっているの？」

「いえ、私は何も聞いていません」

源太郎は首を横にふった。

「そんなはずはない。まとまった話でなくとも、折々に聞いたことをまとめるとだいたいのことが分かるんじゃないの？」

紅葉に迫られて、源太郎は困って目をしばたたかせた。

「晴吾さんに直接聞いてください。私の口からは言えません」

梅乃は源太郎が少し気の毒になったが、紅葉は追及の手をゆるめない。

「源太郎さん、あんた、真鍋様の養子になってしばらくして、寝込んだときがあったよねぇ」

紅葉に言われて、源太郎ははっとした顔になった。

「宇一郎様は天下に知られた名奉行だ。一を聞いて十を知る。そういう人が源太郎さんを養子に選んだ。期待に応えようとするのは大変だった。奥方の展江《のぶえ》様は心根のやさしい方だけれど、武家の奥方だ。躾には厳しい。そういう方を父上、母上と呼んで、まわりにはたくさんのお家来衆、女中たちがいる。知らない人の中で気を遣って暮らすんだ。自分では大丈夫なつもりでも、人の体っていうのは正直だ。とうとう音をあげた」

体は疲れているはずなのに、布団に入っても眠れない。母の志津《しづ》のことが思い出されて涙が出た。

いや、そんな弱虫ではいけない。

別れの朝、志津は涙を浮かべて言ったのだ。

「これから私たちは母でも子でもありません。お前の帰る場所は葛飾《かつしか》にはありません。宇一郎様、展江様のおっしゃることをよく聞いて、期待によく応えるのですよ。源太郎を子供に迎えてよかったと言われるように励むのですよ」

宇一郎、展江、さらに志津の期待に応えるのが自分の使命だ。

それなのに、どうして悲しくて、切ないのだろう。

源太郎はこらえた。

けれど、ついにある日、体が悲鳴をあげた。

その朝、いつものように晴吾といっしょに坂道を上り、梅乃と紅葉に朝の挨拶をしたら涙が出た。

それを見た晴吾と紅葉と梅乃はあわてた。

「なんでもないです。悲しくなんかないです。元気です」

そう言って源太郎は声をあげて笑った。大粒の涙を落としながら。

梅乃が樅助を呼び、樅助がお松に伝え、源太郎は梅乃に付き添われて宗庵のところに行った。

宗庵は源太郎をひと目見て言った。

「お前は心の糞詰まりなんだ。毎日、ちゃんと糞をしないと腹がふくれるだろ。飯が食えなくなる。それと同じだ。心の糞を出さないから、涙が出たんだ」

乱暴な言い方だったが、横にいた梅乃も言わんとするところはよく分かった。

「とりあえず、心の中を空っぽにすればすっきりする。大きな声で泣いちまいな」

源太郎は涙を流しながら、困った顔をしている。

「あんたは付き添いか？　だったら、いっしょに泣け」

「私もですか？」

悲しくなんかないのに。

「こいつだって、悲しくないよ。悲しいのが分からなくなっているんだ。とにかく、裏に畑があるから、そこで大きな声で泣け。泣きまねでいい。泣いているうちに悲しくなる」

わけの分からないことを言われたが、二人で裏の大根畑に行った。

「えーん、えーん、悲しいよう」

おかしくなって笑いそうになった。横を見たら、源太郎が涙を流しながら困ったような、怒ったような顔をしていた。

「そんなんじゃだめだ。もっと大きな声で泣け」

宗庵が窓から顔を出して怒鳴った。

診察の順番を待っている患者やその付き添いがめずらしそうにこちらを眺めている。

恥ずかしい。

しかし、源太郎のためである。思い切って大きな声を出した。そうしたら、急に死んだ両親のことが思い出された。

思い出の中のおとうちゃんは菓子をつくっている。おかあちゃんはやさしい顔で笑っている。

二人に会いたい。

今までのことを話したい。

いろいろ大変なことがあったけれど、おねぇちゃんと二人、元気でやっています。

そう思ったら、胸がいっぱいになった。

源太郎のことを忘れて泣いた。

隣で源太郎がもっと大きな声で泣いた。

二人でそのまま声がかれるまで泣いた。

そんな荒療治が効いたのか、源太郎は元気になったのだ。

「晴吾さんも同じなんだよ。心に詰まっていることを吐き出さないとね」

源太郎はうつむいた。

「あの人は立派な大人だから、大根畑で泣きまねするわけにはいかない。別の方法を考えなくちゃだめなんだよ。ね、いっしょに考えよう。そのためにはあんたの知っていることを話してもらわなくちゃならないんだ」

紅葉は源太郎の肩に手をおいた。

とうとう源太郎が折れた。

源太郎はぽつりぽつりとしゃべりだした。

「最初はとても楽しそうだったんです。北や南からさまざまな年代の方が集まっていて、どなたもとても優秀で、学ぶことばかりだと言っていました」

それぞれに意気込んでいた。

「でも、なかなか思うように船の研究は進まなかったのです。それで、みんないらだってきた」

新しいものをつくるのだ。意見がぶつかるのは仕方がない。けれど、中には個人的な感情を持ち込む者もいた。

――そもそもああいった連中と自分とは格が違うのだ。

――何言ってんだ。最初はすごいようなことを言ってたけど、案外中身はたいしたことねぇじゃねぇか。

陰口がささやかれた。

「そのうちに派閥のようなものができてしまったというのです」

仲間内だけでやり取りをして、大事なことはひみつにして、よそに出さないようにする。

「食事のときも別々で、違う派閥の人間とはほとんど口も利かないようになった」

「それじゃあ、明解塾と全然違うじゃないか」

紅葉が言った。

「そうなんですよ。明解塾は身分とはかかわりなく、優秀な人は認められます。知識は独り占めせずに教え合う。そういうところで学んで、それが正しい学問の道だと思っていたので、晴吾さんはみんなを説得し、仲良くさせようとしました。それが逆に、どの派閥からも疎まれるようになってしまったんです。困った晴吾さんはまとめ役の先生に相談した」

「それでどうなったの？」

梅乃はたずねた。

「一人で異論を述べても仕方ない。いっそどこかの派閥に入れと言われた」

「そんなのおかしいよ？」

紅葉が叫んだ。

「そうでしょ。ほんとうは、まとめ役の先生だってまずいことは分かっているんですよ。でも、仕方ないと思って目をつぶっているんだ。晴吾さんは一人ぼっちになってしまった。大事なことはだれも教えてくれない。晴吾さんは片隅に押しやられている」

「晴吾さんを明解塾に戻さなくちゃいけないね」

紅葉がきっぱりと言った。

「無理よ、そんなこと、できないわよ」

梅乃は叫んだ。

「そうですよ。明解塾の代表として加わったんです。ちゃんとした働きをしなかったら、戻れません。今のままでは落伍者です」

源太郎も頰をふくらませた。

「じゃあさ、源太郎さんは晴吾さんが病気になってもいいわけ？　心の病気は重くなると死にたくなるらしいよ。そうなったらどうする？」

相変わらず極端な紅葉である。源太郎はびっくりして口をぱくぱくさせている。

「大人たちは晴吾さんに塾長の顔に泥を塗るなとか、ああだこうだとか、重石をつけるんだ。明解塾に帰ってもいい。自分の気持ちに素直になれって言えるのは、あたしたちだけだ」

「だけどね、紅葉、落ち着いて。晴吾さんは自分で考えて決める人でしょ。私たちがあれこれ口をはさむことじゃ、ないと思うの」

なんだか、大変なことになりそうな気がして梅乃は必死に紅葉をなだめた。

「もちろん決めるのは晴吾さんだよ。だけど、こういう道もあるんだ。堂々と帰れるんだって伝えるのが仲間ってもんだ」

また、紅葉の仲間が出た。

晴吾はいつから仲間になったのだ。手の届かないお月様ではなかったのか。

「そうだ。梅乃、あんたの部屋に占い師がいたよね。その人に言ってもらおう」

紅葉はあっさりと言う。

「晴吾さんは占いは好きじゃないですよ。信じてないって言ってたじゃないですか？」

源太郎が口をとがらせた。

「好きとか、嫌いとかじゃなくて、悪い卦《け》を信じてしまったのが問題なんだよ」

梅乃と源太郎は顔を見合わせた。

晴吾は本当に弱り切っているのだ。

「だけど、占い師が紅葉の思ったようなことを言うか分からないじゃないの。品川に戻れと言うかもしれないわよ」

「そんなはずはない。だって、その人はほかの人に見えないものが見えるんでしょ。だったら、晴吾さんがどの道に進んだ方が幸せなのか分かるはずだ」

紅葉は断言した。

「分かったわ。聞いてみる」

その勢いに押されて梅乃は答えた。

3

なんと切り出したらいいのか分からぬまま梅乃が白斗と赤以の部屋に行くと、二人は白装束に着替えて座っていた。

「いよいよその方がお見えになると赤以が言うので、私たちは待っています」

白斗が言った。燭台《しょくだい》にはろうそくがともされ、鏡も用意されている。

「曼殊沙華の花の脇に若いお侍がいらっしゃいますから、呼んで来ていただけませんか？」

それは、晴吾のことを言っているのだろうか。

「分かりました。今、呼んできます」

梅乃は玄関を出て表通りまで走った。

入り口のところで晴吾が紅葉と話をしていた。

「気持ちはありがとうございます。うれしいです。でも、もう、本当に占いはいいんですよ」

「でも、いい卦が出ないままというのは、こっちも心苦しいからさ」

「言ったでしょう。大丈夫。全然、気にしていませんから」

押し問答をしている。

梅乃が声をかけると、晴吾と紅葉が同時にこちらを見た。

「ああ、梅乃さん。私は明解塾に行く予定があって急いでいるんですよ。紅葉さんになんとか言ってもらえませんか？　どうしても、占い師に会ってほしいと私を放してくれないんです」

晴吾は本当に困った顔をしている。

「あの、そのことなんですけど。私からもお願いします……」

梅乃は頼んだ。

「あなたもですか？　源太郎さんがなんと言ったか知りませんが、私は大丈夫です。自分のことは自分で決めますから」

晴吾は紅葉の手を振り切ると、歩き出そうとした。

「晴吾さんが占いに頼るような方でないのは分かっています。でも、短い時間でいいんです。会って話を聞いてください。その方は、もう、今日で占いを辞めるそうです。たまたまこの道を通りかかり、赤い曼殊沙華の花を見て最後に占いを必要としている方がいるから、その方を占いたいと如月庵に泊りました。今、お部屋で待っています。それでお迎えに来たら晴吾さんがいました。偶然じゃないんです。ちゃんと意味があるんです。少しお時間をいただけませんか？」

晴吾の足がふっと止まった。

切ないようななんともいえない表情をした。

「事情は分かりました。でもね、その方が待っているのは、私ではないと思います。私は自分の未来は自分で決めようと思います」

何かを断ち切るように言うと、晴吾は一礼した。

「失礼ですけれど、晴吾さんは今、悩んでいらっしゃることを明解塾のどなたかに相談されましたか？」

梅乃はたずねた。

「いや、そういうことは……」

「私には難しいことは分かりません。でも、晴吾さんが理想としていることや目指すものと、あまりにかけはなれてしまったら、それは少し考えた方がいいことではないのですか？　右か左か、黒か白かを決めるのだけが占いではありません。少しの間だけですが、その方のお世話をして分かりました。心を尽くして、全身で目の前の方の幸せを探しています」

梅乃の言葉に晴吾はうつむいた。

けれど次の瞬間、顔をあげると言った。

「ありがとうございます。聞いてほしいこともありますし、道を示してもらいたい気持ちもあります。でも、自分の道は自分で考えて決めたいのです。険しくとも、自分で決めたことなら覚悟をもって進んでいけますから。お二人が私を心配してくださる気持ちはよく分かりました。感謝しています」

ていねいに頭を下げた。

晴吾はそういう人なのだ。まっすぐで強くて、潔い。

梅乃は胸が熱くなった。紅葉も顔をくしゃくしゃにして何度もうなずいている。

「では、先を急ぎますので」

歩き出そうとした晴吾の足が止まった。曼殊沙華に目を留めると首を傾げた。

「梅乃さん、今、そこに何か見えませんでしたか？」

「いえ、私は別に」

「そうですか。いえ、今、そこに小さな星のようなものが見えた気がしたんです。やっぱり暦のことが頭にあるのかな」

そのまま足早に去って行った。


結局、紅葉の目論見《もくろみ》は失敗した。梅乃は赤以のところに晴吾を連れて行くことができなかった。

部屋に行くと、ろうそくも鏡もしまわれ、二人は旅装束に着替えていた。

「すみません。お声をかけたのですが、先を急ぐとおっしゃったので、お連れすることはできませんでした」

梅乃は申し訳ない気持ちで謝った。

「いいんですよ。あなたはちゃんと役目をはたしてくださいました」

赤以が微笑んだ。

「この宿の前を通りかかったとき、私はだれかが私を必要としている、その方を占わなければならないと思いました。でも、それは少し違いました。私の方が、その方を必要としていたのです」

梅乃は意味がよく分からなくて、首を傾げた。

「姉が心配していたとおり、私は占いを辞めるのが怖かったのです。今の暮らしを続けることなどできないと分かっていたのに、私は占いに未練がありました。体が弱く、学問もない。そんな私のところにみなさんがやって来てくださるのは、占いがあるからです。占いをしない自分は考えられなかったし、すべての人が占いを必要としていると信じていました。でも、違った。私は少々思い上がっていました。占いはいらない。自分の道は自分で考えて決めたいとおっしゃる方がいる」

赤以はにっこりと笑った。

「だったら、私にも占いはいらないのかもしれない。占いのない人生を生きてみようという気持ちが生まれたのです。今度こそ本当に辞める決心がつきました」

赤以は白斗を振り返った。

「姉にもずいぶん心配をかけました。ありがとうございます。これで、私の占い師としての時間は終わりました。もう心残りはありません。この力は王子稲荷にお返しいたします」

白斗はほっとしたように肩を落とすと、袖でそっと涙をぬぐった。

ずっと心を痛めていたに違いない。

赤以は白斗の肩に手をおいた。二人は肩を寄せてしばらくだまっていた。

やがて、白斗は顔をあげると晴れやかな声をあげた。

「それでは出発しましょう。駕籠《かご》を呼んでいただけませんか？　なんとか今日中に王子につきたいのです」

「分かりました。すぐ手配をします」

梅乃は立ち上がった。


五日ほどが過ぎた。

朝、梅乃と紅葉が掃除をしていると、晴吾と源太郎が坂道を上って来るのが見えた。

「おはようございます。品川から戻っていらしたんですか？」

梅乃がたずねた。

「はい。先生に相談して、私は明解塾に戻していただくことにしました。やはり、私の本分は暦の研究にあると思いました」

「そうですか。よかったですねぇ」

梅乃は言った。

「これからは毎日、挨拶ができますね。晴吾さんと源太郎さんの顔を見ると元気が出ます」

紅葉が笑顔で言った。

坂道を上っていく晴吾の後ろ姿はさっそうとしていた。

まぶしいほどだ。

「ああ、やっぱり晴吾さんはすてきだ」

紅葉がうっとりとした目をした。

路地の脇に赤い曼殊沙華が風に揺れていた。

曼殊沙華は狐の松明、狐花とも呼ばれる。狐は稲荷神のお使いだ。

白斗と赤以は駕籠を待つ間、こんな話をしていた。

「私ね、占い師を辞めたらやってみたいことがあるの。何だか分かる？」

赤以がたずねた。

「さあ」

白斗が首を傾げた。

「うなぎの蒲焼きをお腹いっぱい食べるの。江戸のうなぎはおいしいんでしょ」

「はい。日本一です」

梅乃は答えた。

「私は水垢離の心配をしないで、朝、ゆっくり眠りたい」

白斗が言った。そして、二人は顔を見合わせて笑った。

白斗と赤以は王子稲荷に占いの力を返したに違いない。二人はこれからも助け合って、仲良く暮らしていくことだろう。

これからも幸せであるように。梅乃は小さな声で祈った。

第三夜

おならの顚末

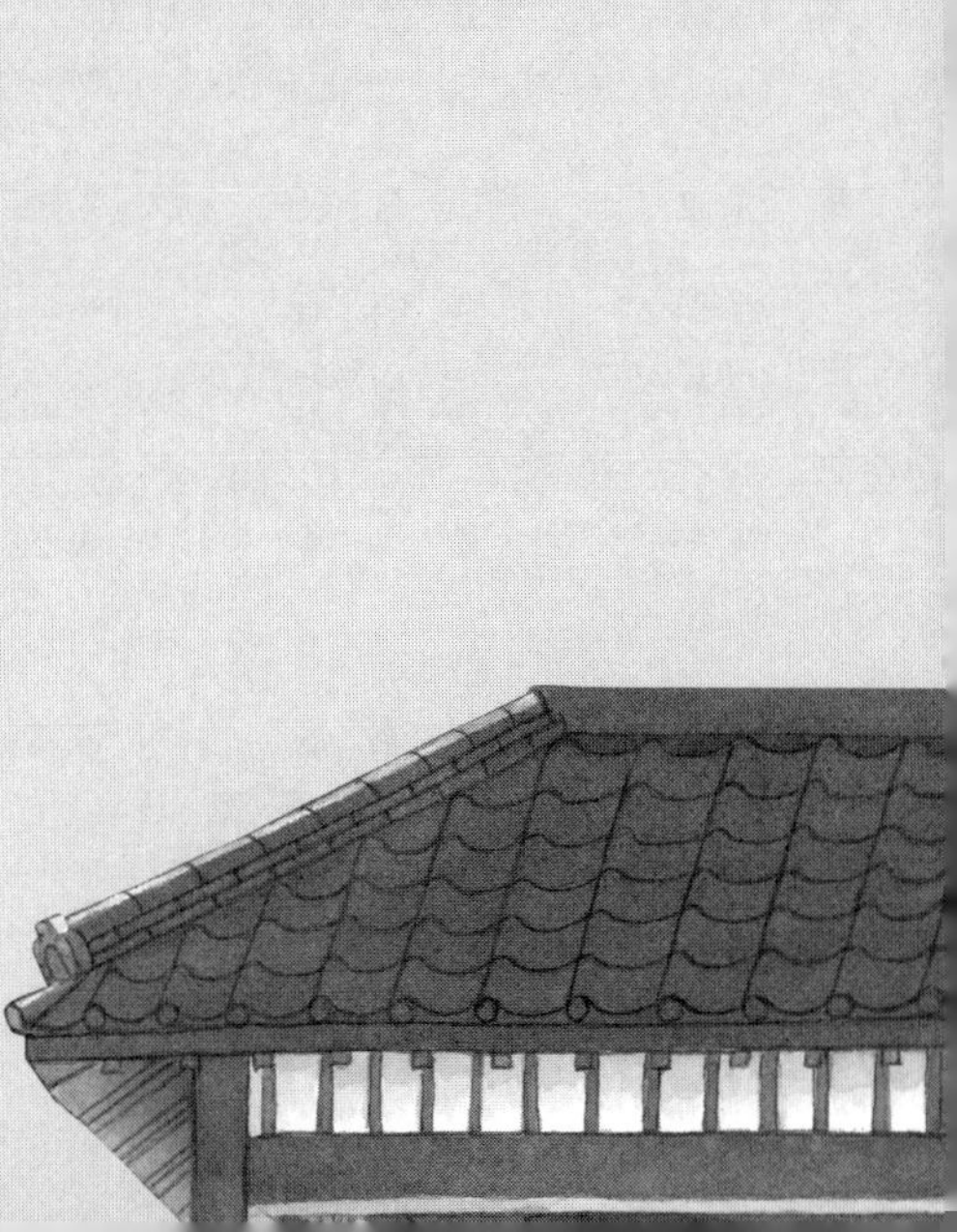

1

空はどこまでも青い。暑くもなく寒くもなく、気持ちのいい風が吹いている。しかも大安吉日《たいあんきちじつ》だ。

如月庵の離れでは、箸の能登屋《のとや》とお茶の草木屋《くさきや》の両家の結納が取り交わされた。しきたり通りの挨拶が交わされ、両家そろっての祝いの宴となった。

娘は上野池之端、能登屋の一人娘、お蝶《ちょう》、十六歳。評判の美人である。

相手の祐太郎《ゆうたろう》は日本橋で茶を扱う草木屋の跡取り息子で二十歳。

親同士が決めてしまって祝言の席ではじめてお互いの顔を見るということもめずらしくないのだが、祐太郎とお蝶はすでに顔を知っている。お互い一目見て、好意を持ってしまったらしい。そんなわけで、仲人《なこうど》のお両《りょう》がこの席を用意したのである。

桔梗とともに、梅乃と紅葉が給仕をすることとなった。

「分かっているだろうけれど、両家とお二人にとって大切なお席だからね、気働きを忘れずにね」

ぴんと背筋を伸ばした桔梗は厳しい顔で梅乃と紅葉に伝えた。

「分かりました」

梅乃と紅葉はまじめな顔でうなずいた。

梅乃が桔梗に続き、お膳を持って部屋に入ると、床の間の日々《ひび》是好日《これこうじつ》と書いた掛け軸が目に入った。祝いの席にふさわしく、濃い墨で堂々と晴れやかに書いた文字である。大輪の菊が華やかさを増している。

上座に草木屋の主人夫婦と祐太郎、向かい合うように能登屋の主人夫婦とお蝶が座る。両家をつないだお両は脇に控えていた。

梅乃は杉治が腕をふるった料理を運びながら、ちらりとお蝶の顔を見た。

色白のふっくらとした小さな顔に指でつまんだようなかわいらしい鼻、長いまつげに縁どられた黒い瞳、やわらかそうな唇。赤い振袖を着た姿はまるで京人形のようで、そのまま床の間に飾っておきたいようだ。

しかし祐太郎も美しい青年である。

子供の頃は女の子に間違われたというが、大人になった今は男っぽさと甘さが溶け合ったきれいな顔立ちをしている。くっきりとした二重《ふたえ》瞼《まぶた》に黒目勝ちの形のいい目で、眉は濃く、鼻筋がすっとのびている。

二人については事情通のお蕗からいろいろ聞かされている。

お蝶の家、能登屋といえば、江戸で知らぬものはいない箸の店である。お食い初めの子供が手にする小さなものから、お殿様が使うような贅沢な象牙の箸に美しい越前若狭《えちぜんわかさ》の塗り箸、さらに普段使いのものまでありとあらゆる箸がそろっている。

能登屋の主、俵屋《たわらや》伊右衛門《いえもん》はおっとりとした性格のふくぶくしい顔立ちで、妻のおよしは器量よしで知られている。お蝶の上には、二十二、二十、十八の兄が三人。商いを学ぶべく、他の店にそれぞれ奉公に出ている。これは形ばかりのものではなく、他の奉公人といっしょに寝起きして、朝早くから夜遅くまで働いている。その働きぶりもめざましく、奉公先から婿入りをと望まれているそうだ。

お蝶は三人の男の子のあとで、ようやく生まれた女の子だから、伊右衛門はことのほかかわいがった。またお蝶はお琴も踊りも上手で、性格も素直で、会う人みんなが好きになってしまう。

今朝もお蝶は梅乃や紅葉にも、通りすがりに「よろしくお願いします」というように小さく頭を下げたのである。

おかみのお松や仲居頭の桔梗にならともかく、下っ端の梅乃や紅葉に気遣いを見せるお客はめずらしい。

もうそれだけで、梅乃も紅葉もお蝶のひいきになった。

「世の中にはああいう人もいるんだねぇ。顔がかわいくて気立てもよくて、その上、家はお金持ち。欠けるところがないね」

紅葉はつぶやいた。

さて、祐太郎の方である。

草木屋は番茶にほうじ茶、煎茶、玉露《ぎょくろ》に抹茶と、さまざまなお茶を取りそろえ、いずれも香りがよくて味もいいと評判である。浅草寺《せんそうじ》や芝《しば》の増上寺《ぞうじょうじ》にも御用を賜っている名店だ。

父親は嘉右衛門《かえもん》で妻はてる。祐太郎は一人息子である。

だからといって甘やかされたわけではなく、まじめな性格で、父親について商いをしっかりと学んだ。

明るくきさくな性格で、だれとでも親しむ。とくに、その容姿のため、女の人が集まってくる。

子どもの頃、手習い所に通うと、隣に座りたいと女の子たちがけんかをした。年頃になると、少し町を歩いただけで袂《たもと》に重たいほどの付文《つけぶみ》が入っており、店の前には、祐太郎の姿を一目見たいという娘がやって来るという具合である。

祐太郎はまじめな男だし、少し立ち話をしただけで噂になったり、やきもちを焼かれたりするから、ふだんから不用意に女の人に近づかないようにしている。女兄弟もいないから、身近にいる若い娘といえば、店の女中ぐらいである。

浮いた噂ひとつないまま二十歳を迎えてしまった。

そんな二人を引き合わせたのは、名うての仲人役お両である。

お両は四十代の後家《ごけ》で、界隈では有名なまとめ役である。お両の頭には、さまざまな家のことが入っている。家族構成に年恰好、店の格、財産のあるなし、本人の顔立ちや母親の性格などなど。そうしたすべてをかんがみ、話を持って行くのである。

夫婦の相性も大事だが、姑と嫁の気質が合うことも大切だ。姉の嫁ぎ先と妹の嫁入り先があまりに違うと、これものちのち問題になるから、そのあたりのつり合いも考えねばならない。

そういうところにちゃんと気が回っていればこそ、どこの家でもお両の持ってきた話なら考えてみようかということになるのである。

さて、二人の出会いである。

これから先は部屋係たちが集まる溜まりで、お蕗が身振り手振りを交えて語った話だから少々脚色が入っている。

お両はお琴の稽古にお蝶が通る道添いにある茶店に祐太郎を連れて行った。

「あれ、あちらがお蝶さんですよ」

さりげなく、仲人は祐太郎にお蝶を見せた。

「あっ」と小さく叫んだまま、祐太郎はお蝶から目が離せなくなった。ぽおっと頬を染めて、お蝶の後ろ姿を見つめていた。

「いかがでございますか？」

お両はにこやかにたずねた。

「ぜひ、お話を進めてください。私は心を奪われてしまいました。あの人とでなければ、ほかのだれとも添いたくありません」

祐太郎は答えた。

そこで、こんどはお蝶の番である。

お蝶と母親を芝居に誘う。二階の桟敷《さじき》席に座ると、お蝶にさりげなく伝えた。

「ほら、あちらが祐太郎さんですよ」

示す先には祐太郎と母親がいた。

芝居小屋の中だからうす暗い。しかも離れている。祐太郎の顔は見えたような、見えないような。けれど、それでも、祐太郎の魅力は伝わったのだろう。

「まぁ。すてきなお方」

お蝶はたちまち夢見るような瞳になった。

「とんとん拍子に話がまとまって両家の集いを迎えるわけだ。うれしいねぇ。あたしたちも幸せな気持ちになるってもんじゃないか」

お蕗は講談師のように話をまとめ、梅乃と紅葉も華やかに浮かれたような気持になった。

宴はつつがなく進み、最後の水菓子を残すまでとなった。

梅乃は青い蜜柑《みかん》をのせたお膳を運び、お蝶の前においた。

そのとき、小さな音がした。

「ぷ、ぷ、ぴ」

一瞬、沈黙が広がった。

――今の音はなんだ?

――もしかして、おならか?

――いやだ、だれかしら、こんなときに。

それぞれの顔に疑問が浮かび、すぐに消えた。

――聞かなかったことにしよう。

何ごともなかったようになごやかな会話が始まった……。

だが、お蝶は頬を染めてうつむいている。

――じゃあ、今のおならはお蝶さんだったの？　いやいや、そんなはずはない。

「どうも失礼をいたしました。ご無礼をお許しくださいませ」

桔梗がすかさず謝った。

「いやいや。まったく気にはいたしませんから」

草木屋の嘉右衛門が「まったく」に力をこめて言った。

「そうですわよ。ねぇ」

お両がとりなす。

「く、くくく」

祐太郎が噴き出した。かわいくて仕方がないという目をしてお蝶を見ている。耳まで赤くなって恥ずかしがっているお蝶は本当にかわいらしかったのだ。

その途端、お蝶の眉根がすっと寄り、瞳がうるんだ。

ぽとり。

涙が落ちた。

お客たちは息をのんだ。

梅乃は手にしたお膳を落としそうになった。

紅葉は顔をくしゃくしゃにして泣きそうになった。

桔梗は顔色を変えない。

お蝶の涙は止まらない。

母親が連れて座をはずした。別室でなぐさめたが、何も言わずすすり泣くばかりだ。仕方なしに一足先に家に連れ帰った。

以来、お蝶は部屋から一歩も出なくなってしまった。

2

二日が過ぎた。

溜まりの部屋で梅乃はお蕗にたずねた。

「ねぇ、じゃあ、このお話はどうなるの?」

「知らないよ。お両さんも頭を抱えてしまったらしい。さっき、おかみさんのところに相談に来ていたよ」

「ほんとに部屋から出てこないのか？」

紅葉は真剣な表情でたずねた。

「そうだってさ。両親とも会わない。昔からついている女中だけが部屋に入れて、身の回りの世話をしている」

その話は能登屋の女中が酒屋の手代にしゃべり、その手代からお蕗が直接聞いたという。

「だけどさぁ、だいたいおならなんて、だれでもするんだよ。そりゃあ、若い娘だし、ああいう席だし、恥ずかしいのは分かるよ。それにしたって部屋から出ないっていうのは、よっぽど甘やかされてきたんだろうねぇ。そんなことじゃ、嫁入りは難しいよ」

炒り豆を口に運びながら、厳しい顔でお蕗は言った。

「とってもお似合いだと思ったのに」

梅乃は残念な思いでつぶやいた。

祐太郎がお蝶を見るまなざしはやさしい、温かいものだった。お蝶も時折、顔をあげ、うるんだ瞳で祐太郎を見た。ほんの一瞬、視線が交差する。

それは恋する若者の顔だった。

「まぁ、こういうものはご縁だからさ。ほんの一瞬、ちょっとした手違いで全然違ったことになってしまうんだよ。昔から覆水盆《ふくすい》に返らずって言うだろ」

一度起こってしまったことは、取り返しがつかないという意味のことわざである。

「今度のことは、桔梗さんがとっさの機転をきかせたけれど、肝心のお蝶さんが泣いてしまったからね、しょうがないよ」

お蕗は案外あっさりと言った。

お蕗が部屋を出て行くと、それまでずっと黙っていた紅葉が言った。

「ねえ、梅乃。あたしたちで二人を仲直りさせないか?」

「えっ、だって、今さらそんなの無理だよ。お蕗さんも言ってたじゃないの」

盆に入れた水はこぼれた。

時をさかのぼることはできない。

「あのね。これは、あたしたちの役目なんだよ。だってさ、お蝶さんの恥ずかしさが本当に分かるのは、大人じゃない。若い娘。あたしたちだけなんだから」

紅葉は強い調子で言った。

おならなんて、だれでもする。出物腫物《はれもの》ところかまわずだ。どうして、そんなに気に病むのだ。そんな子供では嫁になんぞいかれない。

大人たちはそう思っている。

「だからさ、そこが違うんだってば。もし、あんたが好きな人の前でおならをして、その人に笑われたら、どんな気持ちになる?」

梅乃の頭に桂次郎の姿が浮かんだ。

もし、自分が同じ立場だったら……。

舌を噛んで死んでしまいたい。

「ほら、ごらん」

紅葉は勝ち誇ったような顔をした。

「でも、どうやって?」

梅乃は首を傾げた。宴は終わり、お客は去った。これから先は、如月庵とはかかわりのないことである。

「それを今から考えるんじゃないか」

紅葉は怒った顔で言った。


このままで終わらせたくないと思った人がもう一人いた。

翌朝、いつものように梅乃と紅葉が表の掃除をして、如月庵に戻ろうとしたときだ。坂道を上って来るほっそりとした姿があった。

祐太郎だった。

「おはようございます。部屋係の梅乃さんという方にお目にかかりたいのですが」

祐太郎が礼儀正しくたずねた。

「私が梅乃ですが」

梅乃はおずおずと返事をした。隣で紅葉が食い入るように祐太郎を見つめていた。

祐太郎は濃い茶色の細い縞の着物を着ていた。細身の体にそれがよく似合っていた。

「上野の漬物屋の丸吉屋《まるよしや》さんからご紹介をいただきました。おかみの珠江《たまえ》さんがこちらに泊ったとき、梅乃さんから大変よくしていただいたとうかがいました」

部屋係となった梅乃は珠江の思い出の寺をいっしょに探したのだ。

「珠江さんは昔から私のことをよく知っています。今度のことを聞いて、心配して訪ねて来てくれました。若い人の気持ちは若い人でないと分からない。如月庵の梅乃さんに相談してみたらどうだろうと言われました。宿のお客でもないのに、お願いをするのは申し訳ないのですが、力を貸していただけないでしょうか」

祐太郎は真剣な顔をしていた。

「それはやっぱり、あの、能登屋のお蝶さんのことでしょうか」

梅乃はたずねた。

「はい。私はあの日、笑ってしまいました。それは、お蝶さんがあんまりかわいらしかったからです。でも、私に笑われてお蝶さんは傷ついたと思います。恥をかかせました。本当に申し訳なかった。せめて、お詫びをとうかがったのですが、断られてしまいました。娘には会わせられない。あの日のことはなかったことにしたい。忘れたいのだと言われました」

「そうですか」

梅乃は眉根を寄せた。

「父にもご縁がなかったのだから、男らしくすっぱりとあきらめなさいと言われました。嫁は床の間に飾っておくものではない。草木屋の奥をまとめ、仕切らねばならない。それがあの子にできるだろうかと」

隣で黙って聞いていた紅葉がため息をついた。

双方の親が反対を唱えている。

ご縁が切れるとはこういうことか。

「悪いのは私です。でも、馬鹿にしたわけでもないし、恥をかかせるつもりでもないのです。こんなうぶなかわいい人が私のお嫁さんになって、傍にいてくれるのだ、私は本当に幸せ者だ、そう思ってうれしくなったんです。私の気持ちは変わりません。あの人と添いたい。ほかの人とは考えられません。なんとか力になっていただけないでしょうか」

祐太郎は頭を下げた。

「分かった。あたしたちが力になるよ。なんとか二人で知恵を絞ってできるかぎりのことをするから」

突然紅葉が前に進み出ると、祐太郎に言った。

「ちょっと、紅葉」

梅乃はささやいて紅葉の袖を引いた。その手を紅葉は振り払った。

「祐太郎さんのまっすぐなお気持ちはよく分かった。その心を伝えたら、お蝶さんの気持ちも変わるはずだ」

紅葉はつらつらとしゃべる。

「ありがとうございます。ああ、本当に来てよかった。珠江おばちゃんの言った通りの人たちだ」

祐太郎は笑顔を浮かべた。

「私はお蝶さんの姿形に心を奪われたわけではないんですよ。そんな軽はずみな男ではありません。うぬぼれていると思われるかもしれませんが、私自身が見かけて、人に判断されてきたんです。話をしたこともないのに、遠くから私を見かけて、好きになったとか、恋をしたとか言われます。自分の中で勝手に私という人間をつくりあげて、それに恋をしている」

悔しそうな表情を浮かべた。

「私がお蝶さんをすてきだと思うのは、その心映《ば》えです。私がはじめてお蝶さんを見たときのことです。その日、私はお両さんに連れられて茶屋で待っていました。前の道を、お稽古に向かうお蝶さんが通るのです。お蝶さんがやって来たとき、近くで遊んでいた子供が近づいて何か話しかけました」

子供の手は泥だらけだった。お蝶の着物が汚れてはいけないと、女中が邪険に子供を追い払おうとした。

「そうしたら、お蝶さんはにっこり笑って、その子の手をとった。そうして手をつないでしばらくいっしょに歩いたんです」

祐太郎は大きく目を見開いた。

「ふつう、そんなことをしますか？　世の中には顔立ちはきれいだけれど、高慢な女はたくさんいます。そういう女たちはきれいなことだけに価値があると思っていて、いつもだれかと自分を比べている。自分より上だと思えばやっかみ、下なら見下す。使用人に意地の悪いことを言ったりするんです。でも、お蝶さんは全然違った。私はあの人のやさしい気持ちに恋をしたんです」

「その通り。まったく、その通り。お蝶さんは、如月庵に来たときもあたしたちにちゃんと会釈をしてくれた。ふつうはそんなことはないんだ。本当にお蝶さんはやさしい人だ」

紅葉の言葉に祐太郎はうなずいた。二人はすっかり意気投合してしまったらしい。

「じゃあ、こうしよう。祐太郎さんは文を書く。心に響くようなのをね。あたしたちはそれを直接、お蝶さんに手渡す」

「そうだ、それがいい。ぜひ、お願いします」

祐太郎はうれしそうに何度も礼を言った。


樅助は玄関脇の床几にいつものように腰をかけていた。

また、気づけば蟹吉のことを考えている。

上野広小路で見かけたのは、蟹吉の息子だったのだろう。

年恰好はそのぐらいだ。

そうか。お糸は蟹吉といっしょになったのか。

お糸はふっくらとした頬に丸い目をしたかわいい娘だった。ころころとよく笑って、働き者だった。手代たちは多かれ少なかれ、お糸に心惹かれていた。

もちろん樅助もだ。

蟹吉はだれにでも好かれた。どこでも顔がきいた。仕事熱心で、働き物だった。親切で面倒見のいい男だった。

お糸が蟹吉をこころよく思っていたのはうなずける。けれど、あんなことがあっても、ついていくほど惚れていたのかと考えると、少し切なくなった。

川内屋はもう今はない。

樅助が辞めてしばらくして、息子の角太郎の代になった。それなりに商いをしていたはずなのに、どうして店を閉めてしまったのか。

蟹吉は角太郎にかわいがられていた。

年は角太郎の方が少し上で、真面目一方の父親とは違って粋なことが好きだった。「旦那さんは固過ぎる。呉服は女相手の商いだから、少しくらい遊びを知っているのも悪くない」などと同業の旦那衆に誘われて吉原にも出かけて行った。蟹吉もお供することがあったようだ。

腰が軽く気の利いたしゃべりができる蟹吉は座持ちがよくて、重宝がられたのだ。

華やかな世界をのぞいてしまったことが、蟹吉を惑わせてしまったのだろうか。

樅助は湯飲みから白湯を飲んだ。すっかり冷めていた。

角太郎。

ふとその名前が浮かんだ。

――俺に泥棒の片棒をかつげと言うのかよ。

どこかで声がする。

三十年前。

大口の取引の話が来て、店中喜んだ。蟹吉が死んで、その話はいつの間にか消えた。しばらくして、だれからともなく噂が広まった。

――川内屋は蟹吉にゆすられていた。それで大金を払った。

――百両だ。いや、そんなものじゃない千両だ。

――そんな大それたことが蟹吉にできるわけがない。本当の悪者は別にいる。蟹吉は道具に使われて消されたんだ。

あのとき、川内屋のいくつもある蔵の荷物は減っていた。

だが、金や特別大切な物がしまわれている奥の蔵には手がついていなかったらしい。

その蔵は主人と番頭の文治郎しか入ることができなかった。鍵は漆塗りのからくり簞笥にしまわれていて、開け方を知っているのは主人だけだった。

――お前だったら開けられるさ。

また、どこかで声がする。

ゆすりの話は本当だったのか。金は払われたのか。

そのことに縦助もかかわっていたのか。

――忘れろ。忘れろ。これ以上、思い出してはいけない。なかったことにしろ。

頭の中で反響している。口の中が苦くなった。


翌朝、祐太郎は文を持って来た。何度も書き直し、朝までかかったという。白い上等の巻紙で、表には「お蝶様　祐太郎」とあった。ていねいに一字一字心をこめて書いたことが分かる文字だった。

梅乃と紅葉は板前の杉治に菓子折りを頼みに行った。

「例のおならの人だろ。だけど、なんであんたたちがひと肌ぬぐわけ？」

杉治はなんとなく笑いをこらえた様子でたずねた。

「だから、つまり……、二人はとってもお似合いだと思うからです」

梅乃は答えた。

「ふうん。まあ、菓子折りなんかわけないけどね。その菓子折りを玄関先で女中かなんかに渡すつもりかい？」

「そう」

紅葉が言った。

「ああ、そりゃあだめだね。そんな古い手は通用しない。文はお嬢さんの手元に届く前に旦那さんと奥さんが読んで捨てる」

「やっぱり。そうですよね」

梅乃は肩を落とした。

「あたりまえだよ。祐太郎のせいで娘は部屋から出なくなったんだ。俺が親なら鼻かんでぽいだ」

杉治の言葉に、見習いの竹助がくくっと笑った。

「やっぱり直接会わないとな。そこがあんたたちの知恵の見せ所だ。そこまでやるから如月庵だ」

杉治が妙な具合に背中を押した。

「分かった。考えるよ」

紅葉は意気込んだ。


梅乃と紅葉は上野広小路にお使いに出た。人ごみの中で、どこかで見たような丸っこい姿があった。着流しで丸い頭はつるりとしている。

「あ、九品寺《くほんじ》のご住職だ」

梅乃は声をあげた。九品寺は珠江の思い出の寺で、住職はだれもが気軽に足を運べるよう、寺で落語会を開いている。

「ご住職。九品寺のご住職」

聞こえたはずなのに住職は素知らぬ顔で通り過ぎようとする。

「松葉家《まつばや》茗荷《みょうが》さん」

もう一度声をかけると、すいと顔を向けた。

「おや、部屋係さん、久しぶり。忘れてもらっちゃ困るなぁ。あたしがこの姿をしているときは、落語家の茗荷なんだよ」

「すみません。そうでした。思い出しました」

「娘さんが二人、やけに難しい顔をしているね。悩みごとでもあるんじゃないのかい？　あたしが聞いてあげるから言ってごらん」

茗荷は梅乃の顔をのぞきこんだ。

「じつは、こっそり手紙を届けたい人がいるんですけど、どうしたらいいんでしょうか」

「へへ。そりゃあ、お安くないね。恋文か？」

茗荷は肉の厚い頬をゆるませた。

「まぁ、そんな感じです。もっとも、あたしたちのではなくて、人から頼まれたものなんですけど」

「相手は人妻とか」

むふふと笑った。

「違いますよ。いいお家のお嬢さんです」

「なるほどねぇ。その人はお屋敷にお住まいなんだね。だったら、女中さんのふりをして家に入っていけばいいじゃない」

「そう簡単に、よその家の女中さんにはなれません。すぐ分かってしまいますよ」

梅乃は口をとがらせた。

「そうかぁ、女中さんがだめだとすると……。そうだ、植木屋はどうだ？　あの商売は庭に入るだろ。案外、家の中のことがよく見えるんだ。落語にも植木屋はよく出てくるんだ」

「あたしたちが植木屋になるってこと？」

紅葉がたずねた。

「そうだよ。庭掃除ぐらいならできるだろ。見習いってことにしてさ。親方はだめだよ。そうだな、下から三番目くらいの奴に話をつけるといい」

調子よく言うが、そんなに簡単にいくだろうか。

「立ち話もなんだから、そこの茶店に入ろう。あんたたちにぴったりの植木屋の出てくる話があるんだよ」

茗荷はうれしそうに笑って、梅乃と紅葉を茶店に誘った。出てきたお茶を一口飲むと話し出した。

「植木屋の八五郎《はちごろう》って男がいるんだ。こいつが昔っから出入りしているのが伊勢屋《いせや》だ。そこの一人娘に婿養子が来るんだけど、次々死んでしまう。もう、三人目だ。それで八五郎は不思議に思って横町の隠居の所に聞きに行くんだよ」

梅乃はまじめな顔で聞いているが、紅葉はさっそく団子《だんご》に手をのばした。

「伊勢屋はどんな具合なんだって、隠居がたずねる。八五郎は答える。店は番頭が一切を切り盛りしなんの心配もない。一人娘は器量よしで夫婦仲はとてもいい。いっつもべったりいっしょで、はたから見ているのが恥ずかしくなるほどだ。すると、隠居はなるほど分かったと膝を打つ。夫婦仲がよくて、家にいるときも二人きり、ご飯を食べるときもさし向かい。原因はそれだな。それで娘婿は短命なんだ」

茗荷はむふふと笑った。

「それのどこが、原因なんですか？」

梅乃は首を傾げた。

団子を食べていた紅葉は手を止めて、上目遣いで茗荷をちらりと見た。

「だからさぁ、店の方は番頭任せで財産もある。朝から二人きりで美味くて、栄養満点で、精がつく物ばかり食べて、女房が美人で亭主に暇があるってのがよくない。短命のもとなんだ」

梅乃はますます分からなくなった。

「奥さんが美人で、旦那が暇だと短命なんですか？」

「うん、だからさぁ、困ったなぁ、つまりね」

茗荷は何か言いかけたが、これはまずいと気がついたらしい。むにゃむにゃと言葉をにごした。

「えっと、今日はこれから落語の師匠のところに行かなくちゃならないんだ。忘れていたよ。あんたたちはもう少しゆっくりしているだろ。また寺に遊びにおいで。寿限無《じゅげむ》を聞かせてやるから」

立ち上がると、そそくさと行ってしまった。その姿を見送って、紅葉は指についたあんこをぺろりとなめて言った。

「なんだよ、あいつ。生臭坊主だなぁ。この話は子供に聞かせちゃいけないんだ」

「そうなの？」

梅乃は紅葉の顔を眺めた。

「だけど、植木屋っていうのはいいね。ちょうど今、根岸の親方が如月庵に来ているから、多平《たへい》に頼んでみようよ」

多平という若い男は紅葉に気があるらしく、何かというと紅葉に話しかけてくる。急いで如月庵に戻ると、親方は帰り、多平が見習いといっしょに後片付けをしているところだった。

「あんたに頼みたいことがあるんだけどさ」

紅葉が言うと、多平はうれしそうににやにや笑いを浮かべたが、話を聞くと困った顔になった。

「悪いけど、それはできねぇよ。そりゃあ、能登屋さんにはお出入りさせてもらっているからさ、ちょいと枝ぶりを見に来ました。ついでに下草を少し刈っていきますって言ったら喜ばれるよ。だけど、それが親方にばれたら、ことだ。こっちの首があぶねぇ」

「だからぁ、そんな大層なことをお願いしているんじゃないよ。ちょこっと能登屋さんの庭に入れてもらえればいいんだよ」

紅葉は粘った。

「お蝶さんだって、本当は祐太郎さんのことが好きなの。気持ちがすれ違っているだけ。きっかけさえあれば、すんなり話が進むのよ」

梅乃も祐太郎がどんなに本気でいるのかということを一生懸命説明した。多平はますます渋い顔になった。

「やめといた方がいいんじゃねぇのか。もしね、お嬢さんがその男にもう一度会いたいと思っているんなら、近くにいるばあやさんとかが仲を取り持つよ。そういう話が出ねぇってことは、お嬢さんはそいつに会いたくねぇんだよ。忘れたいんだ。頭の中から、追い出したいんだ」

「分かったよ。これほど言ってもだめなんだね」

紅葉は言った。

「まあ、そうだね。いくら、あんたの頼みでもなぁ」

多平が答えた途端、紅葉は手に持った泥をいきなり、多平の着ている印半纏《しるしばんてん》になすりつけた。

「あ、ごめんね。うっかり汚しちゃったから明日の朝までに洗っておく。貸しておいて」

顔を真っ赤にして多平は叫んだ。

「だめだよ。だめ。あんたは俺の印半纏を着て能登屋に行くつもりなんだろ」

「そうだよ。あんた、意外に物分かりがいいね」

「とんでもない奴だなぁ。分かったよ、分かりました。いっしょに行くよ。だけど、ほんの少しの時間だよ。俺たちは下草刈って、庭掃いて、それで出て来るから。あんたたちはその間になんとかするんだよ」

見習いも連れて、四人で能登屋に行った。

多平と見習いが裏口に行って女中に挨拶をしている間、紅葉と梅乃はしおり戸のあたりで待っていた。

「いいかい。親方に頼まれて、柿の木の下草を刈りに来たって言ったからね」

そう言いながら、しおり戸を開けて、紅葉と梅乃を入れてくれた。

「お蝶さんのいる部屋は分かるの？」

梅乃はたずねた。

「ああ」

多平がちらりと目をやった先には一本の柿の木があった。

「向かいにある座敷にお嬢さんがいるはずだ。あの柿の木は旦那さんがお嬢さんのために植えたもんでね。春は若葉がきれいだし、秋には赤い実がなるだろ。柿の葉で寿司もつくるんだってさ」

しかし、座敷の障子はぴたりと閉じられていて中に人がいるのかどうかも分からない。

「頼むから、いきなり声をかけたりするなよ。だれがいるか分からないんだから」

多平は小さな声で紅葉に伝えた。

「分かってるって」

紅葉はそっと部屋に近づく。梅乃も続く。二人で障子に手をかけた。開こうとしたとき、いきなり障子が動いた。

梅乃と紅葉は急いで、縁の下に隠れた。

「ごくろうさん。今日は、根岸の親方は来ないのかい？」

男の声がした。どうやら主人の伊右衛門のようだ。

「ええ。ちょいと寄り合いがありましてね。下草が伸びているだろうから刈って来いって言われたんですよ」

「気を遣ってもらってすまないねぇ。そういえば、去年はあんまりならなかったんだよ」

「今年はなり年だから、きっと大丈夫ですよ。果物はなり年と裏年がありますから」

多平は雑草をむしりながら言った。ふだんから下男が手入れをしているから、刈るほどの下草はない。ちょぼちょぼと生えている雑草を引き抜いているのである。

「たしか、この柿はお嬢さんの好物でしたね」

さりげなく話を持って行く。迷惑そうにしていたが、なかなか気のつく男である。

「ああ。まぁ、いろいろあったからねぇ。柿も食べてもらえるといいんだけど。ずいぶん元気になったって聞いてはいるんだけど、しばらく顔を見てないから……」

「えっ？　旦那さんも顔を見てないんですかい？」

多平は驚いてたずねた。

「そう思うだろ。そうだよねぇ。それで困っているんだよ。離れから一歩も出てこないんだ。あたしにも家内にも顔を見せてくれない」

「あ、いや、そうですか。まぁ、でも、お嬢さんも旦那さんやおかみさんの気持ちは分かっていらっしゃるから、まぁ、そのうちにね、ええ、ぼちぼちと……」

最後の方はむにゃむにゃと言って取り繕った。

そうか、お蝶は離れにいるのか。ならば離れに行けばいい。

縁の下から出ようとした梅乃の腕が、紅葉にぎゅっとつかまれた。

「どうしたのよ」

紅葉が小声で呼びかけると、地面を指さした。

大きなむかでが、梅乃の足元にいる。むかでは、梅乃の着物をはいあがろうとしていた。

――うわぁぁぁぁ。

声に出さずに叫んだ。

着物の裾をばたばたとはたく。しかし、むかではたくさんの足で梅乃の着物にしっかりとしがみついている。

――うわぁぁぁぁ。うわぁぁぁぁ。うわぁぁぁぁ。

「根岸の親方に言ってくださいよ。忙しいと思うけど、あんたとまた碁でもね、一勝負したいって」

「いいんですかい？　そんなこと言ったら、親方は喜んですぐ来ちゃいますよ」

「はは。いや、こっちもうれしいよ」

のんきな話が続く。

――痛っっっっ。

むかでに刺されたか。

梅乃は痛いのと、怖いのとで気が遠くなりそうになった。

ようやく親方が去って、障子が閉まった。縁の下から這い出したときには、梅乃は半分べそをかいていた。

「むかでに刺された」

涙声で訴えると、多平は呆れ顔になった。

「だから、言っただろ。俺はもう、あんたたちの世話は焼かないからね」

多平は梅乃の髪についた蜘蛛《くも》の巣を払いながら言った。

梅乃は足をひきずりながら、紅葉といっしょに如月庵に戻った。ようやくたどりついたときには、むかでに刺された足は赤く腫れて、じんじんと痛んだ。

「あんたたちは部屋係だよ。お客さんほったらかして、いったい、どこに行っていたんだ」

桔梗が鋭い声で叱った。

「すみません。途中でむかでに刺されて……」

梅乃は少しだけ言い訳を試みた。

「座敷にむかでがいたわけじゃないんだろ。どこで何をしていたんだ。それを聞いているんだよ」

さすがに桔梗は鋭いところをついてくる。

「とにかく、すぐに宗庵先生のところに行きな。うんだりするとことだから」

梅乃は足をひきずって、宗庵の医院に向かった。

姉のお園が応対に出て来たので「むかでに刺された」と伝えると、すぐに中に入れてくれた。診察室に入ると、桂次郎がいた。

「毒虫は侮ってはいけないんですよ。早く治療しないと、長引くこともありますから。じゃあ、むかでに刺されたところを見せてもらえますか」

梅乃は急に恥ずかしくなった。

裾は泥で汚れているし、かかとにはちぎれた草の切れ端がついている。

いや、問題はそこではなくて、とにかく足を見せたくないのだ。

お園の足は白くてすんなりしてきれいだけれど、梅乃の足は黒くて棒のようだ。

「なに、ぐずぐずしているの。桂次郎先生は忙しいのよ。さっさと足を出しなさい」

お園の目が三角になった。

患者さんにはやさしいらしいが、梅乃にはきびしい。

「着物に蜘蛛の巣がついていますよ。床下にでももぐったんですか？」

桂次郎は不思議そうな顔でたずねた。

「えっと、まぁ、いろいろあって……」

梅乃は口の中でもぐもぐと答えた。

消毒をして薬を塗って治療は終わり。玄関までお園が見送ってくれた。

「梅乃、あんた、なんか危ないことをしているんじゃないでしょうね」

お園が声をひそめてたずねた。

「そんなことないよ」

「如月庵に行ってから、あんたは妙なことに巻き込まれてばかりいるじゃないの。池に落ちて溺れそうになったし、ほら、若様を助け出したこともあったでしょ。この前の火事のときだって、火事場まで来ていたし……」

指を折ってお園は数える。

「部屋係だから、お客さんといっしょにあちこち行くのよ」

「本当にそれだけ？」

「ほんと、ほんと」

梅乃は答えた。

「あんたはお調子者のところがあるから、ねぇちゃんは心配なの。ね、絶対にあんたは危ないことをしないって約束してくれる？」

「うん」

梅乃はうなずいた。

「あんたが勝手なことをすれば、世間様から如月庵はその程度の宿だったのかって言われるのよ。自覚を持ってね。おかみさんや桔梗さんに迷惑がかかるんだから」

お園は母親のような顔でくどくどと注意をした。

「分かりました。分かっています」

　梅乃は何度もうなずいた。

　樅助はこのあたりを仕切っている十手持ちの富八《とみはち》をたずねた。

　富八の女房は湯島天神からほど近いところでそば屋を営んでいて、住まいもそこにある。

「おや、樅助さん、めずらしいねぇ、どうしたんだい？」

　富八は仕事を終えて、店の隅で一杯飲んでいるところだった。

「いや、ちょいと親分さんに聞きたいことがあったもんですからね。三十年も前の話なんですけどね」

「三十年前っていったら、如月庵に来るずっと前だ。樅助さんはまだお店者だっただろ」

「両国の川内屋の手代でした。もう、今はもう店を閉めていますけど」

「それのどこが気になるんだい？　昔の話じゃねぇか。いや、その前に酒だ。あんたも飲むだろう」

　富八が目で合図をすると、おかみがとっくりと盃を持って来た。樅助は勧められて、一口飲んだ。

　樅助は事情を話した。

「つまり、おめぇの仲のいい手代が死んだ。その少し前、川内屋には大きな儲け話があったが、その話も消えた。噂じゃあ、川内屋はどこかのだれかにおどされて金を払ったらしい。おめぇはそのことを全然覚えていねぇが、今頃になって自分がそのことにかかわっていたかもしれねぇって心配になったわけか」

　富八は盃を持つ手を止めた。

「つい先日、蟹吉そっくりな男を上野広小路で見かけた。それで蟹吉のことが急に思い出された。わしの記憶じゃ、蟹吉が死ぬ前の日、ひょっこりたずねて来て、二人で酒を飲んで子供の頃の話をした。ずっとそう思っていた。だけど、それがそもそもおかしいんだ」

「どこがだい？」

　富八は目を細めて樅助をじっと見た。

「上野広小路に川内屋の女中だったおきみって女が居酒屋をやっている。わしは偶然通りかかってその店に入った。はじめての店だと思ったけれど、前に何度も蟹吉と来たと言われた。蟹吉にかかわる記憶がすっぽり抜け落ちている」

「一度見たこと、聞いたことは忘れないお前さんがか」

「頭に白いもやがかかったようになる。思い出しちゃいけねぇと、どこからか声がする」

「やばいことにかかわっているってか?」

「そこまでは言っていない」

手酌で飲みながら富八は考えている。

「それで川内屋は何で店を閉めたんだ?」

樅助は記憶をたどった。

「わしが辞めてから、息子の角太郎に代が変わった。親父は堅物だったけれど、角太郎の方は違った……」

「よくある話だな。蟹吉は角太郎にかわいがられていたのか?」

「座持ちのいい男だったから、よくお供を命じられてた」

「それで遊びも一通り覚えちまったか」

「蟹吉は手代なら一生行けないような店に行って、うまいものを食ったり、面白おかしいことを見たり、聞いたりした。その味を覚えちまったんだ。あいつは、得意先の年寄りをだまして金を取った。遊ぶ金が欲しかったんだよ」

縦助はしゃべっているうちに体が熱くなった。

「店を出された後、わしを逆恨みして刺したんだ。今でも、その傷が残っている。だけど、ほんとうはそんな奴じゃねぇんだ。親切で面倒見がよくて、面白くていい奴なんだ」

蟹吉の顔が浮かんだ。

「あいつとわしは同い年だ。ガキの頃からたくさん助けてもらったんだ。わしはのろまで気が利かない。しょっちゅう怒られていたんだ」

蟹吉はいっしょに謝ってくれた。蟹吉がいつもの調子で頼むと先輩格の手代も笑って機嫌を直した。

「あいつはわしの一番大事な友達なんだ。ずっとそばにいてほしかった。あんな風に死ぬなんて、あんまりだ。かわいそうだよ」

縦助はつぶやいた。涙がぽろぽろとこぼれた。

富八がそっと肩に手をおいた。

「分かったよ。大事な友達だったんだな。気の毒なことをしたな。だけど、もう終わった話なんだ。大丈夫、あんたは悪事にはかかわっていねぇよ。そんな人間じゃねぇ。そんな奴だったら、あのお松さんが如月庵においとくわけはねぇだろう。さぁ、今さら、そんなことほじくり返してどうする？　あんたは蟹吉の亡霊ってやつにおびえているだけだ。上野広小路で会ったのは、蟹吉の息子だよ」

富八は樅助の肩をたたいた。

「よし、俺がその息子の居所を調べてみるさ。親はなくても子は育つっていうじゃねぇか。息子はそれなりの仕事について、まっとうな暮らしをしているよ。それが分かれば、おめぇも安心する。蟹吉の亡霊から解放されるってもんだ」

樅助はだまって何度も頭を下げた。


その日の仕事が終わって梅乃が溜まりでひと息ついていると、紅葉が来た。

「お疲れ。まったく長い一日だったね。足、どう？」

「大丈夫。薬が効いたのか、もう、あんまり痛くない」

「そう、よかったね」

そう言って、紅葉は大きなため息をついた。

「もう少しだったのにさ。がっかりだよ。明日はなんとか別の方法を考えなくちゃね」

「まだ、続けるの？」

「あたりまえじゃないか。あの二人はいっしょにならなくちゃいけないんだよ。もともと、ちょっとした行き違いなんだから」

紅葉はきっぱりと言った。

「よし、明日、もう一度、能登屋に行ってみよう。あそこは女中さんもたくさんいたから、ふつうの顔をして庭に入れば問題ないよ。堂々としていればいいんだ」

「見つかったら大変だよ」

梅乃はあわてて言った。

たちまち紅葉の目が三角になった。

「じゃあ、あんたは祐太郎さんになんて言うつもりだよ？　やっぱり会えませんでした。せっかく書いていただいた文ですが、お返ししますって言えるのか？」

「そうだけど……」

「だから、やるっきゃないんだよ」

紅葉は板の間にごろりと横になった。ひどく真剣な顔をしている。文を渡す方法を考えているらしい。

梅乃は菓子鉢を眺めた。炒り豆がたくさん残っていた。

「紅葉はこのごろ、炒り豆食べないのね」

「うん。好きじゃなくなったんだ」

梅乃は不思議な気がした。

炒り豆をつまむのは好きとか、嫌いとかではなく、空腹が抑えられるからだ。炒り豆を食べて水を飲むと、お腹がふくれる。

「食べ過ぎるとおならが出るもんね。適度にしていた方がいいわよ」

言ってから梅乃は首を傾げた。

あれ？　もしかして……。

梅乃は声を低めてたずねた。

「あのときのおなら……、あんたなの？」

紅葉は急に困った顔になった。

「やっぱり、あんたなのね」

梅乃は紅葉に迫った。

紅葉はきょろきょろとあたりを見回し、「だってぇ」と甘えた声を出した。

「あたしだって悪いと思ったよ。謝ろうとしたさ。そしたら先に桔梗さんが謝った。その場はそれで収まると思ったら、とんでもない方向に進んで行った」

「あんただったんだ」

梅乃は頭を抱えた。

「だから、あたしはお蝶さんに会って、謝らなくちゃだめなんだ。あの二人にうまくいってほしいんだよ。あんなに楽しそうに、うれしそうにしていたんだよ。それが、あんなちょっとしたことで壊れてしまうなんて、ひどいよ。あたしが豆を食べたぐらいのことで」

豆を食べたからではなく、おならをしたからではないか。

梅乃は唇を噛んだ。

3

翌朝になると、足の腫れはずいぶんひいていた。触ると痛いが、ふつうに歩くのには支障がない。

お客たちが宿を発って手が空いたとき、紅葉が少し緊張した面持ちでやって来た。

「これから行くから」

決心したように短く告げた。

それで梅乃も紅葉とともにほうきを持って能登屋に行った。

庭掃除をするような顔をして裏口から入った。

「はい、こんにちは」

声をかけられてあわてたが、見れば出入りの商人だった。紅葉に「堂々としていろ」と言われていたので、こちらも「こんにちは」と返事をして、そのまま奥に進む。

庭との境のしおり戸があった。

鍵はかかっていない。紅葉は戸を開けて庭に入る。梅乃も続いた。

紅葉は度胸が据わっているので堂々としているが、梅乃は自分の鼓動が聞こえるほど緊張していた。

そのまま離れに向かう。

離れの障子はぴたりと閉まっていた。

耳を澄ますと、中から声がする。

「おひとつ、おふたつ、お左……」

お手玉をしているらしい。

「こんにちは」

紅葉がそっと声をかけると、細く障子が開いた。

中にお蝶がいた。

赤いきれいな振袖を着て、手にはお手玉を持っていた。小さな白い顔はふっくらとして病気のようには見えなかった。

「あなたはどなた?」

お蝶がたずねた。

「如月庵の部屋係です。どうしても謝らなくてはならないことがあって来ました」

紅葉がかしこまって答えた。

「どんなこと?」

「結納の日のことです」

紅葉が答えると、お蝶は紅葉の顔をじっと見つめた。そして、かわいらしい笑顔を浮かべた。

「お部屋に入りなさいよ。そこにいたら風が入るわ。ちょうど、私、一人で退屈していたの」

梅乃と紅葉は部屋にあがった。

「じつは、あの日、おならをしたのはあたしです。お願いします。あの日のことは忘れてください。そうして元気になって……」

言いかけた紅葉をお蝶はさえぎった。

「私、あなたがおならをしたのは知ってたわ。だって、あのとき、あなた泣きそうな顔をしたんだもの」

それならどうして泣いたりしたのだ。

関係ないわとすましていてくれたら、こんな大事にはならなかったのに。

梅乃はわけが分からなくなってお蝶の整った顔を眺めた。

「あのとき、みんなすごくあわてたでしょ。それがおかしくて、私、思わず笑いそうになったの。でも、ここで笑っちゃいけないと思って一生懸命悲しいことを考えたのよ。そうしたら本当に悲しくなって涙が出たの」

お蝶は無邪気に答えた。

「じゃあ、どうしてお部屋から出なくなってしまったんですか？」

梅乃はたずねた。

「なんとなく。きっかけがないでしょ」

お蝶は小さな白い指でお手玉を転がした。

みんながそのために大騒ぎしているのが分からないのだろうか。

「おとっちゃまはね、私がこうして部屋にいるのがうれしいと思うわ。だって、お嫁に出すのが嫌なの。悲しくて毎晩泣いているの。みんなの前ではめでたいめでたいって喜んでいるふりをしているけど、本当は違うのよ。かぐや姫がとうとう月に帰ってしまうって嘆いているわ」

「かぐや姫、ですか?」

梅乃は繰り返した。

「そう竹から生まれて、いろんな人に求婚されて無理難題を言って、最後は月の世界に帰っていくお姫様」

「お蝶さんは祐太郎さんのことが好きじゃないんだね」

紅葉は驚いてつぶやいた。

「違うわ。違うわ。祐太郎さんはとてもすてきな方だと思っているのよ。でも、大好きなおとっちゃまを悲しませたくはないし。だから困っているのよ」

お蝶はいやいやをするように体をゆすった。

困った親子だ。

子離れ親離れができていない。

「ねぇ、お嫁にいった方がいいと思う?」

お蝶はまじめな顔でたずねた。

「もちろんですよ」

「もちろんだよ」

梅乃と紅葉は同時に返事をした。

「祐太郎さんはとても立派ないい方です。お蝶さんのことを心から思っています。だから、お蝶さんは祐太郎さんといっしょになるのが、一番の幸せなんです。お蝶さんだけじゃなくて、能登屋さんのみなさんも、草木屋さんのみなさんにとってもよいことです」

梅乃は力をこめて言った。

「旦那さんだって、本気で反対しているわけじゃないんだ。頭では分かっているんだよ。でも、お蝶さんのことが大好きだから、今はちょっと悲しい気持ちになっているだけだ。孫とか生まれたら、気持ちが変わる。すごく喜んでくれるよ」

紅葉も続けた。

お蝶は首を傾げた。

「私を好きだっていう人はね、みんな私の顔かたちが好きなの。きれいだとか、かわいいとかほめてくれる。それは私がおへちゃだったら好きになってくれなかったってことよね」

「そんなこと、考えるのがおかしいよ。だって、そのかわいらしい顔もあんたの一部なんだよ。大きなお店のお嬢さんだっていうのも、あんたを心から大事に思っているお父さんとお母さんがいるってことも、そういうのを全部ひっくるめてあんたなんだよ。あんたはやさしいし、頭もいい、人の気持ちがよく分かる。だから、そういうやさしい、いい顔をしてるんだ」

紅葉がきっぱりと言った。

「でも、でもね」

お蝶は膝を乗り出した。

「それなら、もし私が怪我をして顔に傷がついたり、お店がなくなってしまったら、祐太郎さんに嫌われてしまうの？」

どうして、そんなことまで心配しなくちゃならないのだ。

「祐太郎さんはそんな人じゃありません。お蝶さんのことを心配してお手紙をくださいました。これを読めば、祐太郎さんの気持ちが分かります」

梅乃が言うと、紅葉は懐から祐太郎の手紙を取り出した。

手紙の中身は知らない。だが、分かっている。そこに書いてあるのは、祐太郎の心からの思いだ。笑ってしまったことの非礼をわび、どんなにお蝶を大切に思っているか。はじめて見かけた日、子供と手をつないだ姿に心を惹かれたことも。

お蝶はだまってその手紙を読んだ。

ふと、顔をあげると首を傾げた。

「とってもすてきなお手紙だわ。こんなまじめな、一途なお手紙をいただいたのははじめてです。うれしいわ」

少し目をうるませた。

そして梅乃と紅葉にたずねた。

「だけど、やっぱり少し心配。ねぇ、私は幸せになれるかしら？」

「えっ」

梅乃は目を見開いた。紅葉は憮然《ぶぜん》とした表情になった。

いったい、この娘は嫁にいくということをどう考えているのだろう。

祐太郎の手紙でも不足なのか。

それまで黙っていた紅葉が急にくいと顎をあげた。

「あんたねぇ、甘ったれるんじゃないよ。あんたは幸せにしてもらうんじゃない。祐太郎さんを幸せにするんだよ。そんな気持ちだったら、嫁にいってもうまくいかないよ」

お蝶は紅葉の剣幕に驚いて目をしばたたかせた。

「いろいろ理屈をつけるけれど、結局、お嫁にいくのが怖いんだ。この家を出て、知らない人ばかりの家で暮らすのが嫌なんだ。だけど、嫁にいくっていうのはそういうことなんだよ。今までは、子供でみんなからかわいがられたことだろう。それでよかったんだ。だけど、これからは、一人前の大人だ。今度はあんたが、まわりを思いやったり、大事にしないといけないんだよ」

梅乃はあわてて紅葉の袖を引っ張った。

「私たちは話をまとめに来たのよ。喧嘩しに来たんじゃないんだから」

「だって腹が立つじゃないか。だれもが両想いになれるわけじゃない。どんなに好きでも手が届かない相手ってこともあるんだ。両想いになって、しかもその人と一緒になれるのはほんとに幸運なんだよ。どうしてそのことが分からないんだ。なんでそんなに自分勝手なんだ」

お蝶は細い指で畳をなぞった。

「おとっちゃまは私にそんなこと、一言も言わなかったわ」

紅葉の目がぎらりと光った。

「だから、あたしが言ってやる。だれでも、一生、子供でいることはできないんだ。

いつかは大人にならなくちゃならない。あんたは子供のつもりでも、まわりはあんたに大人であることを求める。どうせ、大人になるんだから、さっさと大人になった方がいいんだよ」

お蝶の顔が紅潮した。

「ひどい。ひどいわ。どうして、そんなことを言うの。それじゃあ、まるで私が聞き分けのない甘ったれのようじゃないの」

「違うのか？　今のあんたのやっていることは、聞き分けのない甘ったれだよ。勝手に部屋に閉じこもって、きっかけがないから出られない？　ふざけるんじゃないよ。まわりがどんなに心配して、心をくだいているのか考えたことがあるのか？」

「紅葉、もう、そのくらいでいいから。帰ろうよ」

梅乃は紅葉の袖を引っ張った。

「そうよ。もう帰って。あなたたちの顔なんか見たくもないわ」

お蝶はわっと泣き出した。ばたばたとだれかがやって来る気配がする。

梅乃と紅葉は急いで庭に下りた。

子どものようにわあわあと泣くお蝶の声を背中に聞きながら逃げ出した。

富八の使いという若い男が樅助を訪ねて来た。どうやら十手見習いらしい。

「渡せば分かるって」

それだけ言うと、三つにたたんだ紙を手渡すと帰っていった。開くと「下谷《したや》　大工栄吉《えいきち》の職人　柾吉《まさきち》」とあった。

知り合いの大工の棟梁にたずねると、下谷の栄吉は何人も弟子を抱える腕のいい大工で、そこから一人立ちしたものもたくさんいるという。

「栄吉親方のところでみっちり仕込まれたら、どこにいっても安心だ。めしが食える」と太鼓判を押した。

樅助は蟹吉の息子の働きぶりを見たくなった。

下谷の栄吉の住まいを教えてもらい、訪ねて行った。ちょっとした庭のある二階家だった。さほど広くはないが、まだ新しい。

玄関で声をかけると、小女が出て来た。

「今日は丸藤《まるふじ》さんの仕事で朝から棟梁もほかの人たちも出かけています」と答えた。

丸藤は近所の商家であるという。ところを教えてもらって向かった。

生垣に囲まれた広い敷地で、棟上げがすんでいたから大方の建物の形が分かった。

部屋数も相当あるらしい。親方を中心に四、五人の職人たちが働いていた。蟹吉の息子はすぐ分かった。顔がそっくりだったからだ。蟹吉よりも背は高く、日に焼けてがっしりと逞しい体をしていた。

以前、上野広小路ですれ違ったのは、柾吉だったのだろう。

しばらく眺めていたら、「何かご用ですか?」とたずねた人がいた。絹の着物を着ていた。丸藤の主人だろうか。

「通りがかりの者ですが、立派なものが建つようなので感心して眺めていたんですよ」

「おかげさまで。私の長年の夢だったんですよ。やっとあの棟梁に手掛けてもらえることになった。家を生かすも殺すも、大工の腕次第ですよ」

「さぞかし名人なんでしょうねぇ」

「そりゃあ、もう。江戸の大工で、あの人の名前を知らない人はいませんよ」

男は誇らしそうに笑った。

柾吉はそんな棟梁の元で仕事をしているのか。

だったら、安心だ。

「楽しみですな。うらやましいです。それでは、これで」

樅助は歩き出した。

しばらく歩いて、川沿いの道に来たとき、突然、蟹吉との会話を思い出した。

「息子の名前は柾吉っていうんだ。柾目の柾だ。俺みたいにふらふら、あっち行ったり、こっち戻ったりしねぇで、まっつぐに生きてもらいてぇからよ」

「そりゃあ、よかったなぁ」

樅助は答えた。

「柾の字は木偏に正だ。正吉、あんたの名前を入れさせてもらった。いろいろ迷惑をかけて、本当に申し訳なかった。だけどな、俺は、あんただけは本当の友達だと思っているんだ」

「俺だってそうだよ。蟹吉。おめぇは一番大事な友達だ」

あれは、いつのことだろう。

そんな風に言って肩を抱き合った。

けれど、蟹吉はやっぱり曲がってしまったのだ。

樅助は足を止めた。

ふいに菊の花を散らした着物が思い出された。

樅助は特別な記憶力を持っている。蟹吉はそれを知っていた。その力を使って手助けしてくれと頼まれたかもしれない。

頭にもやがかかっている。

思い出せない。

足が震えてきた。頭の芯がしびれるように痛んだ。


梅乃と紅葉は草木屋へ祐太郎に謝りに行った。

「手紙は本人にお届けしました。読んでいただきました。でも……、叱りつけちゃったんです。泣かせてしまいました」

紅葉の言葉に祐太郎はひどく驚いたようだった。けれど、すぐに穏かな表情を浮かべた。

「いいんですよ。一生懸命やってくださったんですよね。ありがとうございます。やっぱり、ご縁がなかったんですね。男らしくすっぱりと諦めます」

少し淋しそうな、けれどさわやかな笑顔を見せた。


何日かしてお両が来た。

「おかみさんの部屋に行ったよ。能登屋さんに行ったことがばれたんだ」

紅葉が言ったので、梅乃は驚いた。

「どうしよう」

「仕方ないよ。やっちまったんだ」

紅葉は腹をくくっている。

「おかみさんが呼んでいるよ」

お蕗が呼びに来た。

梅乃と紅葉は恐る恐る、お松の部屋に向かった。

お松はいつものように長火鉢の脇に座って煙管《きせる》を吸っていた。

「ああ、あんたたちかい。そこにお座り」

梅乃と紅葉はかしこまって座った。

「ほかでもない草木屋さんの祐太郎さんのことだ。あんたたちはあの人の相談に乗っていたんだって?」

「あ、いえ、そんなことはないです」

梅乃はあわてて言った。

「特別なことはありません。ちょっとお話をしただけで」

紅葉は答えた。

「ああ、そうかい。そうだったのかい」

お松は煙管の煙草に火をつけ、一口吸った。

「さっきお両さんが来てね、めでたく両家の縁談がまとまったそうだよ。喜んでいた」

「本当ですか?」

梅乃は思わず大きな声を出した。

「こんな話、嘘を言う人はいないよ」

「だけど……」

紅葉は何か言いかけて、あわてて首をすくめた。

「あのお蝶さんは素直ないい娘さんだけど、少し甘ったれだ。一度、ぴしっと道理を聞かせなくちゃと母親も思っていたらしいけど、なにしろ父親が大甘だからさ。そうしたら、なんと代わりに言ってくれた人がいたんだよ」

ちらりと二人の顔を見た。

「まったく勇気があるというか、後先を考えないというかね」

「おかみさんは、もしかして……」

梅乃が口を開こうとしたら、お松はとぼけて横を向いた。

「桔梗と相談してね、溜まりの炒り豆はしばらくやめることにしたよ。食べ過ぎるとおならが出る」

紅葉が「うっ」と小さくつぶやいた。

やっぱり、知っていたのだ。

いつ気がついたのか。

杉治に菓子折りを頼んだときか。

多平と能登屋に行ったときか。そうか、むかでに刺されたことで気づかれたか。

いやいや最初から全部お見通しだったのかもしれない。

不思議に思っていたのだ。あの日、どうして庭のしおり戸が開いたのか。だれにも見とがめられずに、お蝶の部屋に入れたのか。

「ごくろうさん。仕事に戻っていいよ」

梅乃とお松は一礼すると部屋を出た。

「あたしたちはおかみさんの手の平で踊らされていたのかなぁ」

紅葉が首を傾げた。やっぱりお松にはかなわない。二人は顔を見合わせてため息をついた。

第四夜

恋の行方と菊の花

1

如月庵の玄関に三鉢の大輪の菊がおかれた。

毎年、おかみのお松の知り合いが届けてくれるもので、今年は白い花が一鉢、黄色い花の鉢が二鉢だ。みごとに大きく、茎はまっすぐ空に向かって伸び、整然と並ぶ花びらは力強くぴんと背をのばし、美しく気品ある姿だった。

「一年丹精して、一番きれいなときに届けてくれるんだ。ありがたいねぇ」

お松がしみじみとした様子でうなずいた。

「いい香りだなぁ。この香りでお客様を迎えるんだな」

樅助が言った。

「今夜は菊酒を用意しますかね」

板前の杉治は今夜の料理のことを考えているらしい。

梅乃はそっと顔を近づけて香りをかいだ。香気が鼻からのどへと広がっていく。

菊には「百代草《ももよぐさ》」という異名があるように、長寿と繁栄を表す花なのだそうだ。

中国では、酒に菊の花びらを浮かべた菊酒を軍臣にふるまったという故事がある。

菊の花びらを入れた枕で眠ると、長寿を得られるそうだ。

この季節、如月庵は菊のおもてなしになる。

その日、如月庵にやって来たのは、秩父《ちちぶ》の石屋、萬石《よろずいし》の隠居の五郎太夫《ごろうだゆう》と、その供の留蔵《とめぞう》だった。萬石は庭石や石灯籠といった大きな石を扱うのが仕事だが、五郎太夫はそちらの仕事の方は息子に譲り、今は床の間に飾れるような置物石を集めている。長年、萬石で大番頭として働いていた留蔵も職を退き、五郎太夫に付き添っている。

置物石の収集は道楽だと五郎太夫は言うが、その道ではかなり名の知れた人であるらしい。年に一度、上野で銘石会《めいせきかい》という大きな集まりがあり、即売会も行われる。五郎太夫は留蔵を連れて、如月庵にやって来る。五郎太夫は目利きだから、持ってきた石は高値で売れる。その一方で、これはと思う石を買う。

少々磨きをかけて翌年、銘石会に出せばさらに高値で売れる。

立派に商いとして成り立っているのである。

駕籠から五郎太夫と留蔵が姿を現した。

「お待ちしておりました」

樅助が挨拶をする。

「今年もまいりましたよ。よろしくお願いいたします」

腰を低くして挨拶をするのは留蔵の方だ。五郎太夫は背筋をのばし、軽くうなずくだけだ。

五郎太夫は白髪とはいえ、髪は豊かで背が高く、がっちりとした体つきをしている。目が細く、大きな鼻をしている。必要なことしかしゃべらない。

さまざまなことをしゃべるのは、隣に控えた留蔵の方だ。やせて骨ばって、色は黒く、なんとなくしなびた感じがする。

部屋係の梅乃は次の間のある離れに案内した。別便で届いた荷物は部屋に運んである。中身はもちろん石である。

床の間には、柿や栗の実る山の景色を描いた軸が掛かり、親子の鹿の人形がおいてある。

「秋の風景だね」

五郎太夫は満足そうにうなずいた。

「いや、これも悪くないですがね、やっぱり床の間には石がないとね。石があると、重みが違います。ぐっと格が上がりますよ」

脇に控えた留蔵が不平がましく言った。

「ここのおかみのお松さんは石には興味がないのだよ」

五郎太夫はゆったりと微笑み、梅乃のいれたお茶を飲んだ。

「おねぇさんも石には関心がないんですか？　明日、上野で銘石会を開くから、ぜひ、いらっしゃいよ。もう、びっくりしますよ」

留蔵は納得がいかないらしく、今度は梅乃に石を勧めた。

「この前もね、あなたぐらいの年の娘さんが河原で変わった石を見つけたと持ってきたんですよ。私はどうかなって思ったんだけど、旦那さんがこれはいい石だと言って磨いたらね」

梅乃を誘うように留蔵はひと息ついた。

「中央に白い筋がぴぃっと一本入っているのが分かった。牛の背のような形をしていて、まぁ、すばらしい石なんですよ。その話をしたら本郷のお殿様も大変に興味を持たれて、ぜひ、一度、本物を見てみたいっておっしゃるんですよ」

「はぁ。すばらしいですね」

梅乃は何と返事をしていいのか分からず、適当に相槌を打った。

「ですからね、あなたさんも石の勉強をしたらいいんですよ。江戸はいっぱい川があるんでしょ。そこでぼんやりしていないで、石を見る。ね、ただの石ころと思っていたものが大金に変わるんですよ」

留蔵はつばをとばさんばかりに、言葉に力を入れた。

「また、そんなことを言って。私の場合は年寄りの道楽。江戸に来る口実みたいなもんだから。あなたさんも留蔵の言葉を本気にしちゃあいけませんよ」

五郎太夫はおだやかに微笑んだ。


五郎太夫が散歩に出ると、留蔵はさっそく荷解きを始めた。

しばらくして梅乃が部屋に行くと、五郎太夫は部屋に戻り、床の間の鹿の人形は片付けられて石が並んでいた。手の平に乗るような小さな黒い石、赤い線が入ったもの、金属のようなきらきら光るものが入っている石、まん丸な石、どう見てもたくわん石にしか見えないものもある。娘が川原で見つけて持ってきた牛の背のような形をした石もあった。

「ねぇ、すばらしいでしょ」

留蔵が目を輝かせて言った。

石道楽は五郎太夫だけかと思っていたが、どうやら留蔵もかなり熱を入れているらしい。

「この中で、どの石が一番高いと思いますか？」

留蔵がたずねた。

「はぁ」

梅乃は困って石を眺めた。

「じゃあね、一つくれると言ったら、どれにします？」

留蔵は梅乃の顔をのぞきこむ。

「そ、そうですねぇ。これがいいでしょうか」

梅乃は一番前にあった全体が灰色で花のような白い模様が入った石を指さした。

「ああ。お目が高い。これは『花散る里』という銘です。いいものですよ。でもね、この中で一番はこれです」

留蔵が指さしたのはたくわん石だった。

梅乃はなんと答えていいのか分からなくなり、ただにこにこと笑った。

「あ、私も石を持っているんです。母の形見です」

梅乃は懐からお守り袋を取り出し、中から緑の石を取り出した。

「きれいな石ですね。水晶ではないようですが、なんだろう」

留蔵は光にかざして眺めている。

「穴が開いているからお数珠《じゅず》の一部だったのかもしれませんね。大事になさった方がいいですよ」

あまり関心がなさそうに言った。どうやら高価なものではないらしい。

その日の夕食の膳は向付が脂ののった縞《しま》あじを酢煮にした白板昆布で巻いてうまみを移したもの、汁はくわいともずくの味噌汁にからしをのせている。焼き物は鯖のゆず香焼き、それに石川子芋、穴子の黄身揚げ、水菜の炊き合わせ。酒は菊酒である。

「ああ、如月庵に来た甲斐があったよ」

五郎太夫は相好をくずした。

食事が終わる頃にお客が二人来た。

一人は旗屋の主人、もう一人は大きな植木屋の棟梁だという。どちらも石好きの仲間である。

「五郎太夫さんがいらっしゃると聞いて、うれしくて来てしまいましたよ」

「いやいや、お二人にお目にかかるのが楽しみでね」

どうやら石談義が始まるらしい。

酒の支度やつまみを用意するので、何度も板場と部屋を往復した。

そのお客たちが帰ったのは、夜もずいぶん遅くなってからだ。

やっと一息ついた梅乃は溜まりに行って、縫物を取り出した。今日こそは仕上げたいと思っている。

「梅乃、あんたまだ起きているの？　明日も早いんだから、早く寝た方がいいよ」

灯りに気づいてやって来たお蕗が言った。

「だって、この袋を早く仕上げたいんだもの」

「何をそんなに急いでいるんだよ。だいたいそんな地味な色の袋、どうするんだ。自分で使うつもりじゃないんだろ。だれにあげるんだよ」

お蕗がたずねた。

「桂次郎さんだよ」

梅乃が答える前に、紅葉が現れて言った。梅乃は顔を赤くしてうなずいた。

「へぇ。桂次郎さんねぇ」

お蕗は訳知り顔でうなずいた。

話は十日ほど前にさかのぼる。

その日もこんな風に夜遅くなり、溜まりにいたのは紅葉と梅乃の二人だった。

「いいね、紅葉は。毎朝、晴吾さんに会えるから」

梅乃は思わず本音が出た。

紅葉は毎朝、坂道を上って来る晴吾と言葉を交わすことができる。

けれど、梅乃はなかなか桂次郎に会えない。

桂次郎は五日に一度、坂の上の法徳寺《ほうとくじ》で療養している女たちを診察している。梅乃はその日をねらって法徳寺に行く。桂次郎の助手に姉のお園がついているから、姉に会うというのが表向きの理由である。

会えば、桂次郎はなにかと梅乃に話しかけてくれる。

「このごろは、どんなお客さんが来ますか？　いろいろな人が来るから大変でしょう」

「そうなんです。お風呂も熱いお湯が好きな人と、ぬるいお湯が好きな方がいっしょに入ることがあるんです」

四人が入れば、いっぱいになってしまうような風呂だ。

江戸っ子は熱いお湯好きが多い。それに我慢して入るのが粋だということになっている。

「私のお客さんは熱いお湯が好きで、下男にどんどん火を焚かせて、熱いお湯にしたんです。でも、紅葉の部屋のお客さんはぬるいお湯でないと入れないと言って、風呂場で言い合いになってしまった。ちゃんと、好みを聞いて塩梅しないとだめだって、桔梗さんに叱られました」

そんなとき桂次郎はとても楽しそうだ。時には声をあげて笑う。桂次郎の気持ちのいい笑顔を見ると、梅乃はとてもうれしくなる。

「桂次郎さんに好きだって言ったの？」

紅葉がたずねた。

梅乃は桂次郎のことを思い出して少しぼんやりしていたから、あわてた。

「そんなこと、言えないわよ。言えるわけないいじゃないの」

梅乃の頬は真っ赤になった。

「だけど、言わなくちゃ分からないよ」

紅葉はあっさりと言った。

紅葉は晴吾に気持ちを伝えている。言葉だけでなく、表情で、しぐさで、それはもう、降り注ぐ雨のように惜しみなく。晴吾といっしょにいる源太郎も、樅助や桔梗まで分かり切っているので、もうだれも気にしない。

「なんか身につけるものを贈ったらいいんじゃないの？」

「たとえば？」

「根《ね》付《つけ》とか、お守り袋とか……」

「高いものは買えないわよ」

「だったら、自分でつくればいいんだよ」

紅葉は自分では針が苦手なくせに、当然という顔をする。

「でも、お守り袋というのはちょっと……」

それは奥さんとか、許嫁《いいなずけ》とか、とても近い人が贈るものではないのか。

「じゃあ合切袋《がっさいぶくろ》は。いつも藍色の古くて継ぎのあたった袋を下げているじゃないの」

そこにはこまごましたものが入っているらしい。

それで梅乃は合切袋をつくることにした。桔梗に頼んで木綿のきれをもらい、縫いはじめた。

「梅乃は案外、運針が上手なんだね。まっすぐになっているよ」

そう紅葉はほめてくれたが、実際は針目はよろよろとよろけて、長くなったり短くなったりしている。しかし、同じ色の糸を使えば針目が乱れていてもあまり目立たないだろうと思った。

「出来上がったら、それなりだよ」

紅葉は適当なことを言ってほめてくれる。

お蕗やほかの部屋係も親切に教えてくれた。

「重い物を入れるかもしれないから、半返し縫いにした方が丈夫になる」という者もいれば、「角は丸くした方が見栄えがいい」と教えてくれる者もいた。簡単だと思っていたが、なかなかに侮れないのだ。

何回もやり直し、梅乃は毎晩、合切袋に取り組んだ。それが、もうすぐ出来上がる。

「よし、これでひもを通せば完成よ」

「おお。きれいだよ。上等、上等」

お蕗もほめてくれた。外は藍色の細縞で中は薄手の深緑の生地、ひもは海老茶である。なかなかに見栄えがよい。

「じゃあ、明日はいよいよ渡せるね」

紅葉が言い、横でお蕗が眠そうに目をこすった。梅乃は桔梗にもらった薄青い紙でていねいに包んだ。

2

翌朝、朝食をすませると、五郎太夫と留蔵は出かける支度をした。留蔵は前日床の間に並べた石をまたていねいに包みなおし、受け取りに来た男に手渡した。五郎太夫はその間、庭を眺めて過ごし、支度がすむと二人で出かけて行った。

上野の銘石会は百人からの人が集まるのだそうだ。即売会があり、懇親会があり、さらに品評会があって賞が出る。石好きには夢のような一日であるらしい。

二人を見送った梅乃はお松に呼ばれた。

「梅乃、お前も銘石会に行って来ておくれ」

長火鉢の脇に座ったお松は、梅乃をちらりと見て言った。

「石を見て来るんですか？」

「いや、石じゃなくて人だ。どんな人が五郎太夫さんと留蔵さんに近づいているのか確かめて来てほしい。昨日も二人来ただろう。うちは宿屋でほかにもいろんな人が泊っているからね、あんまりわけの分からない人に来られるのは困るんだ」

「はい、分かりました」

梅乃はそう答えて、お松の部屋を出た。

けれど少し不思議な気がした。

如月庵には樅助がいる。怪しい者がまぎれこむ心配はないはずだ。

やっぱり、樅助は調子が悪いのだろうか……。

昨夜は旗屋と植木屋がやって来た。

一度でも来たことのある客なら樅助は覚えているが、はじめて見る顔だったそうだ。

樅助はさりげなく着物や履物、髷の形や持ち物、連れのあるなしでどういう人物か見当をつける。言葉遣いも大事で、江戸の人間か、他藩の者か、さらに武家か商人、どの程度の役職かも分かるという。

店や知り合いの名が出ればしめたもので、樅助の頭には江戸中の主な店や武家屋敷などのあれこれが入っているから、それについての話題をふっていく。そんな風にしばらく世間話をしているうちに、如月庵にふさわしいお客か、そうでないかが判断される。

つまり、樅助は怪しい客を通さない如月庵の関所なのだ。

けれど、昨夜の縦助には、いつもの縦助らしさがなかった。

どこかぼんやりと、自信のなさそうな顔で口数も少なかった。

梅乃に分かったくらいだから、あのお松が気づかぬはずはない。

「だれでも調子が出ないときがあるものね。縦助さんの分もしっかりしなくちゃ」

梅乃は小さく握りこぶしをつくった。


上野の銘石会はとある商家の別邸で行われていた。座敷にはたくさんの石が並び、多くの人がやって来て、熱心に石を眺めていた。町人、職人、おかみさんに若い手代らしい男もいる。世の中にこんなにたくさんの石好きがいるとは知らなかった。

奥の方の部屋に留蔵がいて、床の間にあった石が並んでいた。五郎太夫の石は人気らしく、たくさんの人が集まっていて、すでに半分以上に売約済みの札がついていた。

奥の座敷に行ってみると、屏風《びょうぶ》でしきられた一角があった。隙間からそっとのぞくと、中央に立派な身なりの武士がいて、周囲を囲むように裕福そうな商人がいた。

その中に五郎太夫の姿もあった。

――真ん中のあの人が本郷のお殿様だろうか。

梅乃は屛風の端にしばらくいたが、五郎太夫は出てくる気配がない。留蔵はお客の相手をしている。怪しいも怪しくないも、こんなに人がいては分からない。

梅乃は早々にあきらめて退散した。


その足で法徳寺に行った。

出来上がった合切袋を手渡すつもりで法徳寺の入り口で待っていると、お園がやって来た。

「あれ、今日はおねぇちゃんだけなの？」

梅乃は少しがっかりした。

「桂次郎先生は今、ご住職とお話をしているの。お篠《しの》ちゃんがずいぶんよくなってね、今日はじめて私の顔を見て笑ったのよ」

お園は笑顔を見せた。

お篠はお園が以前奉公していた店の朋輩だ。お篠は押し込み強盗の一味である佐《さ》吉《きち》という男に騙され、手引きをした。強盗一味は金を盗み、火をつけて逃げたが、お園は押入れの中に隠れて難を逃れ、お篠を助け出した。だが、火の回りは早く、主人一家と奉公人たち、十五人の命は失われた。

お篠はひどいやけどを負って法徳寺で治療している。お園は宗庵の医院を手伝いながらお篠の看病を続けてきた。

「でもね、やけどの傷は治ってきたけれど、心の傷が治るのはもっと時間がかかるの」

お園は続けた。

「強盗一味に追いかけられる夢を見るのかしらね、大きな声で泣き叫ぶ。それで、私はいつも、大丈夫、もう、悪者は追いかけて来ないって話しかけた」

盗賊一味は捕まって死罪や遠島になった。

けれど、いずれはお篠も罪を償わなくてはならない。

「お篠ちゃんはそのことを分かっているの？」

梅乃はたずねた。

「今はどうかしら？　体が元に戻れば、昔のことも思い出す。自分が何をして、その結果どうなったのかは分かるはず。そうなってからが本当の治療だって宗庵先生がおっしゃるの。罪の重さに耐えきれなくて命を絶ったり、病気に戻ってしまう人もいるそうなの」

お園は暗い顔になった。

「おねぇちゃんは、お篠ちゃんのことが憎くないの？」

梅乃はたずねた。

お園は播磨屋《はりまや》が好きだった。よく家でも話をしてくれた。主人はにぎやかなことが好きな人で、暮れの餅つきや花見は奉公人も加わって盛大に行った。奥さんはおしゃれなきれいな人で、上の娘はしっかりもので、妹の方は甘えん坊だった。

番頭は仕事には厳しかったが甘い物が大好きで、お園の父親が和菓子屋だったと聞くと、よく饅頭や団子の話をした。それから手代に女中、小僧たち。お園はみんなにかわいがられ、一生懸命働いていた。

お園にとって播磨屋はもう一つの家族だった。時には喧嘩をし、叱られ、あんな風になりたいと憧れたり、目標にしたりしながら過ごしていた。

お篠が佐吉の嘘に気づけば、助かった命でもある。

お園は苦しそうな顔をした。

「全然思わなかったといえば嘘になる。早く元気になってほしいというのも本当よ。でも、その一方で、眠っているお篠ちゃんの人形みたいな白い体をふいたり、ご飯を食べさせたりしていると、腹が立ってきた。あんたのせいなのよ。みんな、あんたが悪いのよ。みんな死んだのに、あたしとあんただけが生き残った。ほかのみんななはなんにも悪いことをしていないのに、苦しい、痛い、怖い思いをして死んでいった。あんたは自分のしたことが分かっているのって。悔して悲しくて切なくて、腹が立って憎くなる。げんこつで殴りたくなった」

　梅乃は思わずお園の顔を見た。

　お園がそんな強い恨みや憎しみを言葉にしたのははじめてだったからだ。

「でもね、あるとき桂次郎先生に言われたの。医術にかかわる者の仕事は病気や怪我の人を治すことなのだ。たとえ相手がだれで、どんな立場の人でも。それを忘れてはいけないって」

「うん」

　梅乃はうなずいた。

　お園は苦しんだり、悩んだりしながらお篠の看病を続けてきたのだ。

「あたしね、おっかさんにもらったお守り袋をお篠ちゃんに預けたのよ。緑の石にお篠ちゃんを守ってくれますようにってお願いをして」

「そうだね。あの石がお篠ちゃんの力になってくれるよ」

　梅乃は言った。

　そのとき、道の向こうから桂次郎が急ぎ足でやって来るのが見えた。いつものように藍色の着物で、肩には合切袋を下げている。何が入っているのかひどくふくらんで、重そうだ。

梅乃は合切袋を入れた包みをしっかりと持ち直した。

桂次郎は難しい顔をしてお園に話しかけた。梅乃は少し離れたところにいたが、二人の会話が聞こえてきた。

「お篠さんはこのごろ、毎晩のように泣き叫ぶそうだ。とくに、お園さんが来た日は激しい」

「私が来ると、あの日のことを思い出すからでしょうか」

「そうじゃないのかな。記憶が戻っているのではないかと、ご住職は言うんだ。立ち上がって歩いていたのを見た人がいる。帰ったら宗庵先生に相談して早急に答えを出そう」

桂次郎はそう言って話を切り上げると、あらためて梅乃の方を見た。笑顔を浮かべた。

「いやあ、梅乃ちゃん。今日も来ていたんだね。おねぇさんとお話ができたかい？」

「はい。いろいろ話ができました」

梅乃は大きな声で返事をした。

「それはよかった。何か、面白いことがあったかな?」

「今、石好きのお客さんが来ています。それで、今朝、石の展示会に行って来ました」

梅乃は銘石会がどんなににぎやかでたくさんの人が来ていたか、一生懸命話した。

桂次郎は聞き上手で、いろいろ質問をする。そして梅乃の答えに感心したり、驚いたりする。

「いいなぁ。梅乃ちゃんと話をすると、気持ちが明るくなるよ」

「そうですかぁ」

梅乃もにこにこ笑う。

しかし笑ってばかりではいられない。今日の梅乃には合切袋を渡すという大事な仕事があるのだ。

脇に抱えた包みがだんだん重くなる。

「早く言えよ」と催促されているような気がする。

梅乃だって言いたい。けれど背中に汗をかくばかりで、言葉が出ない。ほかのことならどんどんしゃべれるのに、「合切袋を差し上げます」という一言が出ない。

迷っているうちに時間だけが過ぎていった。桂次郎は「それではまた」と言って一人で足早に去ってしまった。

結局、渡すことはできなかった。

「どうしたの？　顔が赤いわよ」

お園がたずねた。

「なんでもない」

梅乃は答えた。脇に抱えた包みが、なお一層重くなったように感じた。


五郎太夫と留蔵は夕方になって機嫌よく戻って来た。どうやら銘石会は大成功だったらしい。

「これから本郷のお殿様のところにうかがいますから、夕食はいりません。帰りも少々遅くなるかもしれません」

留蔵はそう言って、駕籠を仕立てて二人で出かけて行った。

手が空いた梅乃が溜まりでぼんやりしていたら、紅葉がやって来た。

「袋渡した？　喜んでくれた？」

「うん、あ、いや……」

梅乃は口の中でもぐもぐと答えた。

「なんだよ。結局渡せなかったのかぁ。だめだよ、なんにもしなかったら伝わらないんだよ」

分かっている。分かっているってば。

梅乃は頰をふくらませた。


五郎太夫と留蔵は夜遅くになって戻って来た。

本郷のお殿様との話もはずんだらしい。二人とも酒に酔って楽しそうだった。

梅乃が部屋に案内し、ご挨拶をすませて階下に降りてくると、玄関のところで紅葉が樅助の肩をもんでいた。

「樅助さん、肩ががちがちだよ。指が入らないよ。よっぽど疲れているんだよ」

「そうだなぁ。もう、いい加減年だからなぁ」

「そういうことじゃなくて。なんて言うのかなぁ、少し休んだ方がいいんだよ。朝も早いじゃないの」

「年寄りだから、夜中に目が覚めるんだよ。仕方ねぇんだ」

紅葉は樅助のやせた肩に親指をぐいぐいと押し付けている。

「ああ、いい気持ちだ。そこだ。そこだ。そこがツボだ」

縦助はうっとりと目を閉じている。

「ああ、梅乃いいところに来た。そっちの手をもみな」

紅葉が梅乃に指図をする。梅乃が縦助の手をもむと、縦助の閉じた目は一本のしわになった。

「ああ、うれしいなぁ。極楽だ」

縦助が疲れているのは体ではなくて、心の方ではないのだろうか。

なぜかふっと、そんな気がした。

そのとき、そっと戸をたたく者があった。

戸を開けると、桂次郎とお園がいた。

「申し訳ありません。法徳寺で預かっていた娘さんが一人、抜け出しました。こちらに来ていないでしょうか」

お園の顔は白く、桂次郎も難しい顔をしていた。

「あそこにいるのは、寝たきりの人ばかりじゃないのかい？」

縦助がたずねた。

「そうだと思っていたのですが……。自分で部屋の鍵を開けて外に出たようです」

お園が答えた。

「おねぇちゃん、その人ってお篠ちゃんのこと?」

梅乃の問いにお園は無言でうなずいた。

「お篠ちゃんって、例の播磨屋さんの火つけ盗賊にかかわった娘さんか? そりゃあ、ちょいとまずいな。分かった。紅葉、板場に行って杉治に伝えてくれ。手が空いている者であたりを探そう」

そう言うと、樅助は提灯に火をともした。

「私もいっしょに行く」

梅乃は言った。

「そうか。梅乃も来るか」

桂次郎とお園は右手に回り、樅助と梅乃は左手に進んだ。

「足がまだしっかりしていないとすると、そう遠くには行っていないはずだ。裏の方を見てみるか」

井戸や植え込みのあたりを見たが人の気配はない。

「物置にいるかもしれない」

梅乃が言った。

「そうだな。物置が怪しいな。見てみるか」

物置には炭や油、使われなくなった道具類などさまざまなものがしまわれている。行ってみると戸には南京錠がかかっていた。だが、提灯で地面を照らすとはだしの足跡のようなものが見えた。

「ここまで来たとすると……。裏にいるかもしれねぇ」

樅助はつぶやいた。

物置と塀の間には細い隙間がある。大人の男は無理だが、女なら入り込める。

「よし、梅乃の出番だ。わしは隠れているから、お前一人で行け。いそうだったら、そっと声をかけるんだ。脅かさないようにやさしくな」

提灯を手渡された。

梅乃は物置の裏の隙間に近づいた。提灯で照らすと奥の方に黒い影が見えた。驚かさないよう、やさしい声でささやいた。

「そこにいるのはお篠ちゃん？　迎えに来たよ。そこは寒いでしょ。足も痛くない？　いっしょに法徳寺に帰ろうよ」

耳を澄ますと、小さく息を吸い込むような音が聞こえた。

「お篠ちゃん、いるのね。入るよ」

梅乃は自分も隙間に体を入れた。提灯の明かりをかざすと、うずくまっている人影が見えた。

「お篠ちゃんね」

「あんたはだれ？　お園じゃないよね」

低く、警戒したような声が聞こえた。

「私は梅乃です。この宿の部屋係」

梅乃は答えた。

「助けて。私を逃がして。――悪い人が私を探している。見つかったら殺される」

「だれも追いかけて来ないよ。安心して。――その人たちはもういないわよ。捕まったの」

梅乃はゆっくりと答えた。

お篠は意味が分からないというように首を傾げた。

その顔はひどくやせていた。あごがとがって頬骨が飛び出し、目だけがぎらぎらと光っていた。白っぽい浴衣は泥だらけになっている。

「あなたをだました悪い人たちは、みんな捕まったの。だれも追いかけて来ない。だから、大丈夫、安心して」

梅乃はゆっくりと手をのばして、お篠に触れた。お篠はびくりと体を動かした。

「嘘よ。そんなことを言って、あたしをだまそうったってそうはいかないよ。あたしをあそこに閉じ込めようとしているんだろ」

「法徳寺のこと？　お篠ちゃんはあそこが嫌いなんだ」

お篠は小さくうなずいた。

「じゃあ如月庵に来ればいい。旅館で温かいお風呂も、ご飯もあるのよ。そこで今日はゆっくり休もう」

梅乃はお篠の手をとった。冷たく固い指が梅乃の手をしっかりとつかんだ。

「さぁ、立ち上がって。少しずつ歩いてね。お篠ちゃんはご飯は何が好き？　卵焼き？　おいしいのがあるのよ」

お篠はおとなしく立ち上がった。梅乃に導かれて足を運ぶ。

外に桔梗の姿が見えた。

梅乃はほっとした。

物置の裏の隙間を出たら、自分の役目は終わりだ。それでいい。大丈夫だ。

一歩、二歩。

あと一歩というとき、お篠は外の人影に気づいた。桔梗と樅助、お園と桂次郎がいる。

その途端、お篠の表情が変わった。

「お前、あたしをだましたな」

いきなり梅乃を突きとばした。ふいをつかれて提灯を投げ出し、地面に倒れると、お篠は片足をのせてぐいと押し付けた。どこから出たのかと思うような強い力だった。

「それ以上、近づいてごらん、この子をただじゃおかないから」

お篠は男のような太い声を出した。

「落ち着いて。乱暴はしないで。さぁ、いっしょに法徳寺に帰ろう」

お園が静かな声をかけた。

「け。寝ぼけたこと言うんじゃないよ」

お篠は鼻で笑った。

「あんた、相変わらずだねぇ。いい男の前だと猫なで声を出すんだ。桂次郎先生もだまされるんじゃないよ。お園はひどいあばずれなんだから」

お園の顔が白くなった。

「あんたのおかげで、播磨屋のみんなは死んだんだ。旦那さんもおかみさんも、子供たちも、番頭も女中もみんな。熱い熱いって、苦しみながらさ。両目を開けて、あたしのこの傷をよく見てごらん」

お篠は浴衣の襟を大きく開いた。腕から胸にかけて赤黒く皮膚が盛り上がり、ただれている。

「あんたはあたしが憎くてしょうがないんだ。あんたは佐吉に惚れていた。でも、佐吉はあたしを選んだんだ。あんたは佐吉を取り戻したくて、言ったんだよ。『裏の戸を開けておく。夜になったら入っておいで』」

お篠は梅乃にのせた足をぐりぐりと動かした。

「その晩、佐吉はやって来た。だけど一人じゃなかった。たくさん仲間を連れて来た。佐吉は押し込み強盗の一味だったんだよ。あんたはその手引きをしたんだ」

「それは違うわ。鍵を開けたのは……。どうしてそんなめちゃくちゃな嘘を言うの」

お園が悲鳴のような声をあげた。

「だったら、なんで、あんた一人が無事だったのさ。みんな死んだのに」

お篠はそう言うと、大きな口を開けて笑った。

「あんたはあたしが死ぬと思っただろう。それで、全部、あたしに罪をおっかぶせるつもりだったんだ。ところが、あたしは生き返っちまった。残念だったねぇ。泣きなよ。泣けばいいよ。泣いても、あんたの罪は終わらないよ」

お篠は仁王立ちになり、口から泡をとばして怒鳴った。やせた顔に目だけが異様な光を放っている。

「そんなはず、ない。おねぇちゃんはそんなことをする人じゃない。火にまかれたあんたを助けたのは、おねぇちゃんなんだよ。自分が死にそうになったのに、怖かっただろうに、一人でも助けようとして頑張ったんだ。そうして逃げたんだ。法徳寺についてからも、ずっと看病して、あんたのことを心配していたんだよ。どうしてそんなことが言えるんだよ」

梅乃はお篠の足から逃れようと体を動かしながら叫んだ。

「あんたはお園の妹か。だったらそう思いたいさ。だけど、本当は違うんだよ」

お篠はにやりと笑った。

「証拠があるんだ。このお守り袋だ。品川神社のお守りと緑の石が入っている。これは、お園が持っていたやつだ」

赤いちりめんのきんちゃく袋を取り出した。

「このお守り袋は男が持っていたんだ。それをあの日、あたしが拾った」

お篠の話は支離滅裂だ。だが人を惑わせる強い力がある。

「黙れ。いい加減なことを言うな」

桂次郎がお園の肩を抱いて叫んだ。

「お前がなんと言おうと、私はお園さんの言葉を信じる。私はお園さんの仕事ぶりを見てきた。まっすぐで、まじめで心やさしい人だということを、私はよく知っている。お前は、自分の罪の恐ろしさに怯えて、そこから逃げたいだけなんだ」

お篠は一瞬、呆けたような表情を浮かべた。

それから、大声をあげて泣き叫んだ。細い体のどこから出るのかと思うような大きな声だった。桔梗がそっと近づき、体を抱いた。お篠は体中の力が抜けたように、桔梗にしなだれかかった。

お園はうなだれて立っていた。桂次郎が近づき、何か話しかけている。お園は小さくうなずいていた。

梅乃が駆け寄ろうとしたとき、だれかが袖を引いた。紅葉だった。

「二人にしておいてやんなよ」

「え、どうして？」

梅乃は意味が分からなかった。

「ほんとに、あんたって人の気持ちが分からないんだねぇ」

紅葉が怒ったように言った。それで、梅乃はやっと気づいた。

桂次郎とお園は惹かれ合っているのだ。

「お似合いだよね」

紅葉が言った。

梅乃は言葉をなくして、二人の姿を眺めていた。

「合切袋はあたしがもらってやってもいいよ」

「馬鹿。あんたにはあげないわよ」

梅乃はぶつまねをした。笑顔になろうとしたのに、なぜかぽろりと涙がこぼれた。


みんなが去って、如月庵は静かさを取り戻した。樅助は玄関の脇のいつもの場所に腰をおろした。

宗庵がふらりと顔を出した。

「立派な菊だなぁ。いい香りだ」

そう言うと、樅助の隣に腰をおろした。

「悪いね。水を一杯もらえないか。なんだか、ひどく疲れちまったよ」

湯飲みに白湯を入れて渡すと、宗庵はひと息に飲み、丸っこい体を壁にもたせかけた。

「あの娘さんは法徳寺で治療していたんだろ」

縦助がたずねた。

「そうだよ。わしが、最初に見たときは、ひどいやけどで命が助かるかどうかって境目だった。だから、あの子は自分のすべての力を体を治すことだけに使った。息をするだけ。食べて寝て、糞をたれる。それだけだ。余分なことは考えない。体全部で戦って命をつないできたんだ」

そうしてやけどが治り、体も元に戻ってきた。

「頭がはっきりして、いろんなことを思い出した。本当は思い出したくないんだ。自分のせいで何人も死んでいるんだからな。それは嫌だ。逃げ出したい。できれば、あの日の前に戻りたい。だからさ、さっきの言葉はあの子の頭が考えたことじゃない。あの子の体が言わせているんだよ」

「治るのかい？」

「あんたが言う治るってのは、どういうことだ？」

宗庵がたずねた。

「つまり、ふつうの暮らしができるようになるってことだよ」

「ある程度はね。いずれにしろ、あの娘は罪を償わなくてはならないから」

縦助はふと蟹吉のことを思い出した。蟹吉はなんのために死んだのだろう。死んで、自分の罪を償えたのだろうか。

「そろそろ、昔のことを思い出す頃だと思っていたんだ。そうなったらお園さんとも離さなくちゃならねぇ。一番会いたくないのはお園さんだからな。それで別の場所を探していたんだ」

心が壊れてしまった病人の行く場所ということだろうか。縦助は暗たんとした気持ちになった。

「人は嘘をつく。心も、体も。やっかいなのは、自分がだまされてしまうことだ」

宗庵が言った。

「自分を安全なところにおきたいからか?」

「それもある。だれだって自分はかわいい。正直者で立派な人でいたい。だから、都合の悪いことは忘れちまうんだ。いいことだけ覚えている。勘違い、思い違い。まあ、多かれ少なかれ、人はみんな、そんなことをしているもんだけどな」

そう言って、縦助の顔をちらりと見た。

「あんたは、古い昔のことでも覚えているそうだな。どうなんだ？　あんたにも思い出したくないことだって、一つや二つはあるんだろ？」

　蟹吉の顔が浮かんだ。

「あるさ、もちろん」

　樅助は答えた。

「どうするんだ。そういうときは」

「そうだなぁ」

　樅助は首を傾げた。

「納戸にしまって頑丈な鍵をかけてしまうのか？　まぁ、わしなんか、そういうことばっかりだ」

　宗庵は大きくのびをして立ち上がった。

　寝床に入っても樅助は宗庵の言葉が頭から離れなかった。

　樅助の頭の中は、たくさんの巻物をしまった部屋のようなものだ。時間軸にしたがってきちんと整理されている。必要なときには、いつでも瞬時に取り出すことができた。

それが、近頃うまくいかなくなっている。

年のせいだと思っていた。

だが、それは年のせいではなく、蟹吉のことがあったからだ。

蟹吉にかかわるあれこれを思い出そうとすると、頭の中がごちゃごちゃになってしまう。

――納戸にしまって頑丈な鍵をかけてしまうのか？

宗庵の声が聞こた。

自分は、今、その鍵を開けようとしているのだろうか。

樅助は目を閉じた。

蟹吉の顔が浮かんだ。

なぜか子供の頃の顔だった。

「正吉、腹減ってるだろ。食うか」

袖の中から芋を取り出すと、半分に割って渡した。

「どうしたんだ？」

へへと蟹吉は笑った。

「お信《のぶ》さんにもらったんだ」

女中の名前を言った。

それはぼて振りの商人だったり、客先のおばあさんだったり、時としていろいろだった。蟹吉は愛嬌があった。人を惹きつける力があった。すぐにだれかと親しくなり、みんなが蟹吉のことを心配してくれた。

蟹吉は腰が軽く、面倒見がよく、気軽に頼まれごとを引き受けた。

薪割りをかって出たし、お使いにもよく行った。

川内屋の女中たちは、蟹吉、蟹吉と呼んでかわいがり、小さな用事を頼んだ。面倒な仕事も手早くこなすので、番頭や手代も重宝がっていた。

樅助は気のきいたことができなかったから、いつも、隅の方で小さくなっていた。

蟹吉はそんな樅助を友達と言ってくれた。

「正吉はいいよ。俺は大好きだ。あんたは俺と違って頭がいいから出世する。俺なんか、一生、便利に使われて終わりだよ」

そんなことも言った。

目端がきいて、腰が軽く、器用で顔が広かった。

それが、蟹吉の失敗につながったのか。

――正吉は俺の本当の友達だ。

蟹吉は何度も言った。

——息子は柾吉っていうんだ。あんたの名前の「正」の字をつけさせてもらったんだ。

縦助は体が震えてきた。なぜ、そんな風に思ってくれたのだろう。

——だって、お前、俺のことを助けてくれたじゃないか。

蟹吉の声がした。その声は縦助のすぐ隣から聞こえてくるようだった。

——そんなことがあったっけ？　俺はお前に助けてもらうばっかりじゃなかったか？

——違うよ。

蟹吉は低く笑った。

——うんと子供だった頃、俺はお得意さんから釣銭を預かった。大きな額じゃねぇ。かけうどん何杯かの値段だ。途中でお前に会ってその話をしたら、首を傾げた。何文か金が足りないって言うんだ。俺は言われるままに金を受け取っただけだ。だけど小僧が金をごまかしたとなったら大ごとだ。折檻《せっかん》じゃすまねぇ。店を出される。

俺は震え上がった。

縦助は蟹吉といっしょにお得意さんに戻り、勘違いをしていることを説明した。

相手は謝って、駄賃までくれた。

——思い出した。そんなこともあったな。

——なんで忘れちまうんだよ。お前はなんでも覚えているんじゃなかったのか？

俺はあのときからお前のことを頼りにしていた。

——蟹吉、お前、最後の晩に俺のところに来たよな。

——ああ、行ったよ。大事な話があったんだ。俺はお前に助けてもらいたかったんだ。友達だから。

縦助は目をあけた。

隣にいたはずの蟹吉の気配は消えていた。

思い出せなかった。何を話したのか。

苦しくて切なくて、縦助は泣いていた。

銘石会は終わったが、五郎太夫と留蔵のところには、何人もお客が訪ねて来ていた。

最後のお客は、夕食後にやって来た。

上野の染物屋、山屋《やまや》の主、仙次郎《せんじろう》と名乗った。

五十がらみの恰幅のいい男で、駕籠でやって来た。結城紬《ゆうきつむぎ》に白足袋姿は裕福な商人という風情で、穏やかな口ぶりをしていた。

だが、縦助は仙次郎の立ち居振る舞いにどこかくずれた感じがするのが気になった。

見たことのある顔だと思った。よく知っている男のような気がした。

如月庵ははじめてである。

ならば、どこかで会ったのだろうか。

考えたが思い出せなかった。

上野の山屋という屋号にも心当たりがなかった。

「今、五郎太夫様のお部屋にご案内いたします」

梅乃が仙次郎を案内して部屋に向かった。

本当は何か一言、二言、話をするべきだった。そうやって探りを入れ、お客の様子を見れば大体のことが分かるのだ。だが、迷っているうちに、時機を失ってしまった。

縦助はいらいらとして自分の太腿をたたいた。

迷いがある。自分の考えに自信が持てない。だから躊躇する。

梅乃が板場に走って行くのが見えた。

「五郎太夫さんのお部屋かい？」

「そうなんです。お酒をお届けするところです」

梅乃が戻って来るのを待ってたずねた。手には燗酒のお銚子と盃をのせた盆を持っている。

「五郎太夫さんとは以前からの知り合いかい？」

「違います。銘石会ではじめて会ったとおっしゃっていました。石のことを勉強したいので、教えてほしいとか」

「じゃあ、今回、はじめて会った人なのか？」

「そうらしいです。あの、もういいですか？　お客様が待っていらっしゃるので」

「ああ、悪かったね」

梅乃は急ぎ足で部屋に向かって行った。

五郎太夫は隠居とはいえ、頭ははっきりとしている。しかも、しっかり者の留蔵がついている。心配することはないはずだ。

だが。

樅助は唇を噛んだ。

そもそも怪しげな者を宿にあがらせないために樅助がいるのだ。履物を出したり、しまったりするだけなら、だれでもできる。

今までだったらこんな風に思い悩むことはなかった。会ったことがあるのか、ないのか。会ったとすれば、いつ、どこで、どんな状況だったのか。

考えていると絵が浮かんでくる。その場の会話やいっしょにいた人の顔が浮かび、仕事や家族など付随した事柄を思い出す。

だが、今は違う。

全体がうすぼんやりとして、はっきりしない。

思い違いではないのか。

別の人と勘違いしていないか。

さまざまな思いが浮かんできて、迷いが生まれる。

「樅助さん」

振り向くと梅乃が立っていた。空のお盆を持っている。

「さっきはすみません。気持ちが急いでいたので。あの……樅助さんが怪しいと思ったんなら、怪しい人です。私はそう信じます」

「いやいや、そうとは決まったわけじゃないんだ。心配かけてごめんな」

「そんなことないです。和菓子屋だったおとうちゃんが言っていました。閃くから勘っていうんだ。あれこれ考えたら間違うって。なんでも言ってください。あのお客さんのこと、よく見張っておきますから」

梅乃はそれだけ言うと、また板場に走って行った。

ふいに仙次郎の手が浮かんだ。やわらかそうな手だった。

昔、両国の呉服屋、川内屋にいた頃、染物屋にもよく使いに出された。染めの仕事は勘がものをいう。かなり大きな店でも、主人が仕事場に立って職人たちを率いていた。

だから、染物屋の主人の手は職人の手だった。節高かったり、どこかの指が曲がっていたりした。

樅助は板場に行った。

板前の杉治が魚を焼いていて、そのそばに梅乃がいた。

「わしの勘違いかもしれねぇが、五郎太夫さんを訪ねて来たお客がちょいと気になるんだ。染物屋の主人だって言っているが、手がきれい過ぎるんだよ」

「以前、うちに泊まったお客か？」

「いや、はじめてだ。だけど、何度も会っているような気がするんだ」

「あんたが言うんじゃ間違いねえよ。おい、竹助」

見習いの竹助を呼んだ。

「富八親分のところに行ってな、これこれ、こういうお客が来ている。念のために、一度、来ちゃあくれないかって伝えてくれ」

「分かりました」

竹助は前掛けをはずすと、すぐに出て行った。

「縦助さん、私は何をしたらいいですか？」

梅乃がたずねた。

「富八親分が来るまで、引き留めておいてくれ」

「分かりました」

「部屋係の腕の見せ所だぞ」

杉治が付け加えた。


梅乃が客間に戻ると、五郎太夫はすっかり酔ってうっとりとした目をしていた。

「あれ、旦那様、今日はもう、お疲れですな」

留蔵が五郎太夫の手から盃を取り上げた。

「それでは私はそろそろこの辺で、おいとまいたしましょう」

仙次郎が腰をあげそうになった。

「ちょっとお待ちくださいませ。今、お茶をおいれします」

梅乃はあわてて言った。

「ああ、そうですね。では、熱い番茶でもお願いしましょうか」

留蔵が言ったので、梅乃はすぐに番茶を用意した。飲むのに時間がかかるよう、とりわけ熱い湯でいれた。

「いくらなんでも、あんた、これは熱過ぎだよ。舌をやけどしそうだ。限度ってもんがある」

仙次郎は文句を言いながら、茶を飲んだ。

「それでは、そろそろ……」

また、立ち上がりそうになる。

「お帰りでしたらお駕籠を呼びましょうか。どちらまでのお帰りですか？」

「いいえ。すぐそこですから。上野なんですよ。だから、ぼちぼちと酔い醒ましに歩いて行きます」

「夜道は暗いですよ。危のうございますから、お駕籠にしてくださいませ。すぐ呼びますから」

その言い方が少しわざとらしかったかもしれない。

「何、言ってんの。今日は月が出ているよ」

不機嫌そうに言われた。

「旦那さんはもうお疲れですから。今日はもう、ここでお開きということで」

留蔵はもう早く帰ってもらいたいと思っているらしい。

「では、今日はありがとうございました」

仙次郎は腰を浮かせた。

「ええと、ああ、そうですか」

もう言うことがなくなってしまった。

桔梗ならもっとうまい口実を考えて、引きのばせたことだろう。

紅葉だって、何か面白いおしゃべりができたことだろう。

部屋を出て歩き出した。

もうすぐ玄関についてしまう。

どうしよう。

考えながら歩いていたら、別の部屋の前に来た。

「あ、間違えました」

「なんだ、そりゃあ。お前、酔っぱらっているのか?」

仙次郎がいらだったような声をあげた。

「すみません。この宿は坂道に建っているから、階段がたくさんあって、廊下も長くて」

「説明になってないよ」

そのとき、紅葉が部屋から出て来た。

「あれ、梅乃、何か、用?」

「この部屋係が道に迷ったとぬかしているんだ」

仙次郎の言葉に紅葉は噴き出した。

「おい、玄関はどっちだ」

「あちらです」

「分かった」

玄関に行くと、縦助がいた。

「どうも、このたびは、部屋係が大変、失礼をいたしました」

「まったく、玄関が分からなくなるなんて聞いたことがない。しょうむない」

仙次郎が言った。

その一言を聞いたとき、樅助は「おや」と思った。「しょうむない」は川内屋の角太郎の口癖だった。厚い耳たぶと鼻の形に見覚えがある。

「もしかして川内屋の角太郎さんではありませんか？　三十年前、そちらにご奉公させていただいた正吉です」

仙次郎は一瞬驚いた顔をしたが、すぐに笑顔になった。

「お人違いでしょう。私は川内屋という店は知りません。角太郎でもありません」

じろりと樅助を見た。

この目だ。

年月が面差しをすっかり変えていた。声も低くなっている。けれど、間違いない。

樅助は川内屋の角太郎だと確信した。

ぱん。

胸の奥で音がした。

蟹吉の顔が浮かんだ。閉じ込めていた記憶が戻ったのだ。

一瞬のうちに蟹吉の顔が、言葉が、出来事があふれだし、樅助の頭の中を恐ろしい速さで過ぎて行く。

　蟹吉は泣いていた。

――本当は俺だって、丸安のばあさんをだますのは嫌だったんだよ。俺のことをかわいがってくれたんだ。だけど角太郎の奴が、そうしろって言ったんだ。一度だけだ。一度だけでいいんだって。あいつは吉原《よしわら》に馴染みの女がいて、そいつに会いに行くための金が必要だったんだ。

　だが、今度はそのことで角太郎に脅されるようになった。

――お前のしたことをばらすって言われたんだ。そんなことをされたら、俺は後ろに手がまわる。許してほしかったら、もっと金を持ってこいって言われた。

――だけど、お前だっていい目をみたんだろ。同罪じゃねぇか。

――おこぼれをもらっただけさ。……そうやってずぶずぶになったんだ。川内屋をやめてからも、変わらなかった。……頼むよ。俺を助けてくれよ。蔵の鍵を手に入れたいんだ。金が要るんだ。

　蔵はいくつもあったが、その中でもっとも大事な蔵の鍵は漆塗りのからくり箪笥にしまわれていた。引き出しを抜くと底が二重になっていて、何度も仕切を動かし、奥に隠れた扉を開けて鍵を入れた箱に行きつく。同じ形の箱がいくつも出て来たり、にせの扉があったりする複雑な手順を正確に覚えているのは店の主人だけだった。

——お前だって開けるところを見たことがあるだろう。俺の頭じゃ何が何だかなら分からなかった。けど、お前は違う。お前だったら開けられるさ。

——俺に泥棒の片棒をかつげと言うのかよ。

——それしかねぇんだ。お前から聞いたことはだれにも言わない。絶対に迷惑はかけない。開け方さえ教えてくれればいいんだ。

——からくり箪笥の開け方なんか知らねぇよ。何度かちらっと見ただけなんだ。分かるわけはねぇだろ。

——そんなはずはねぇ。お前は一度見たものを正確に覚えている。からくり箪笥の手順も知っているはずだ。頼むよ。友達じゃねぇか。

　蟹吉は樅助にすがりつき、涙を流して懇願した。

——お願いだ。今晩中に鍵を手に入れられなかったら、俺は殺される。金の期限が今晩なんだ。

——だったら角太郎さんに金を貸してもらえ。

——それが出来たら苦労はねぇよ。借金をつくったのは角太郎なんだ。蔵に入って店の金を持ち出すんだ。それしか道がねぇって言うんだ。それが出来ないなら、俺は死ななくちゃなんねぇ。あいつは俺に借金を押し付けて自分は逃げるつもりなんだ。だまされたんだよ。

その言葉を聞いた樅助はかっとなった。

——そんな寝言をだれが信じる。お前は結局、からくり簞笥の開け方を知りたかっただけなんだ。それで、俺に近づいた。何年も音沙汰なしだったのに親し気に近づいて来て、本当の友達だなんて言ったんだ。ああ、俺は馬鹿だ。大馬鹿だ。そんなお前の言葉に喜んでいたんだからな。

——違うよ。そうじゃない。懐かしかったのは本当だよ。お前といっしょにいるのが楽しかったんだ。信じてくれよ。

蟹吉が伸ばした手を樅助は振り払った。

——うるさい。もう言うな。出ていけ。お前の顔なんか二度と見たくない。死ぬなら勝手に死ね。これで縁きりだ。お前が言ったことはみんな忘れてやる。きれいさっぱり、みんなだ。お前と会ったことも、いっしょに酒を飲んだことも、子どもの頃のことも全部。

樅助は悔しくて、悲しくて手あたり次第に物を投げた。湯飲みや箸や皿小鉢が蟹吉の頭や背中にあたった。投げる物がなくなったので、自分の手で蟹吉を打った。

縦助は声をあげて泣き、蟹吉は逃げるように帰って行った。

「角太郎さん。あんた、昔、川内屋で働いていた蟹吉のことを覚えているでしょ。三十年も前のことだ。背中を刺されて死んで、死体が大川にあがった男だ。忘れたとは言わせねぇよ」

「ばかなこと言うんじゃない。私は角太郎なんかじゃない。そんな話は聞いたことがない」

仙次郎はぷいと横をむいた。

「蟹吉は死ぬ前の日、わしのところに来たんだよ。わしに、からくり箪笥の開け方を教えてくれと泣いて頼んだ。わしが教えなかったら殺されるとまで言った。だけど、わしは信じなかった。口先だけの脅しだと思ったからだ。だけど、あいつは死んだ。お前が殺したんだろう」

仙次郎の顔はまっさおになり、体ががたがたと震えだした。

「俺は知らない。何にもしていない。あいつは足をすべらせて自分で川に落ちたんだ」

「じゃあ、背中の刺し傷はどうやって説明をするんだよ。鍵を手に入れられなかったもんだから、かっとなって刺したんだろ」

そのとき廊下の向こうから留蔵が走って来るのが見えた。

「あんた、旦那さんの財布をどこにやった」

仙次郎ははっと我に返り、足袋はだしで土間に降り、逃げ出そうとした。その腕を杉治がつかんだ。

「そんなに急いで、どちらに行かれるんです?」

「夜分に失礼しやす。ちょいとお話を聞かせてもらえませんでしょうかね」

暗闇からぬっと富八親分が姿を現した。


仙次郎は富八親分に引っ張られて行き、五郎太夫の財布は無事に戻った。

一件落着となった夜半、留蔵が樅助のところに礼を言いに来た。

「旦那さんはすっかり酔いも醒めて、しょげていますよ」

玄関先の板の間に留蔵は腰をおろすと、手に持った銚子を差し出した。

「一杯だけおつきあい願えませんかね」

樅助が茶碗を二つ取り出すと、留蔵は酒を注いだ。

「今年はずいぶん力が入っていたんですがね、品評会では最高の『天』にあと少しのところで届かなかった。旦那さんも私も悔しかったんですよ。そのとき、あの男が近づいてきた。とっておきの物を内緒で見せるって言った。ふつうに考えたら、そんなことはあるはずがない。そんなにいい石なら自分が品評会に出せばいいんだ。だけどね、こっちの心が乱れていると、そこのところが見えなくなる。つい、口車にのった。人間、欲を出しちゃいけませんね」

茶碗酒を一口飲んで、留蔵は肩をすくめた。

「縦助さんは、この宿の関所役人のようなものだって聞きましたよ。怪しい人は通さない。だから、お客は安心してこの宿に泊まっていられる。これからも、よろしくお願いします」

「いや、とんでもない。ありがたいことです」

縦助は深く頭を下げた。

エピローグ

如月庵の朝は早い。

一番に起きるのは板場の見習いの竹助だ。外がまだ暗いうちに起き出して、水をくみ、火をおこす。

その間、板前の杉治は裏庭で手足の鍛錬を行い、途中から仲居頭の桔梗が加わって小柄《こづか》と体術の稽古をする。やがて樅助もやって来て、乾布摩擦をはじめる。

「おはようございます。今日もいいお天気になりそうですね」

竹ぼうきを持ってやって来た梅乃が言った。

「ああ。秋晴れだよ」

樅助は腕をぐるぐる回しながら答えた。

その時、竹ぼうきを抱えた紅葉が大声で叫びながら走って来た。

「何をやっているの。早く、早く。晴吾さんが通り過ぎちゃうよ」

梅乃もあわてて走り出す。

「おう。頑張れよ」

二人の背中に樅助は声をかけた。

「よかった。樅助さん、すっかり元気になったね」

通りを掃きながら紅葉が言った。

「うん。昨日来たお客さんに『去年もちょうど同じ日にいらっしゃいましたね。お芝居のお好きな奥様は息災でいらっしゃいますか？』なんて言って驚かれていた」

梅乃は答えた。

「やっぱり樅助さんはこうでなくちゃね」

「そうよ。如月庵の名物下足番なんだから」

二人は顔を見合わせて笑った。

やがて、坂道を上がって来る晴吾と源太郎の姿が見えた。

紅葉の顔がぱっと輝いた。

「おはようございます。気持ちのいい朝ですね」

梅乃と紅葉は声をそろえて挨拶した。

上野広小路から湯島天神に至る坂道の途中に如月庵はある。知る人ぞ知る小さな宿だが、とびっきりのもてなしが待っている。

けれど、この宿は少しひみつを隠している。そのひみつを、梅乃も少しずつ分かって来た。

この作品は書き下ろしです。

湯島天神坂
お宿如月庵へようこそ
上弦の巻

中島久枝

2019年　11月　5日　第1刷発行

発行者　千葉　均
発行所　株式会社ポプラ社
〒一〇二-八五一九　東京都千代田区麹町四-二-六
電　話　〇三-五八七七-八一〇九(営業)
　　　　〇三-五八七七-八一一二(編集)
ホームページ　www.poplar.co.jp
フォーマットデザイン　緒方修一
組版・校閲　株式会社鷗来堂
印刷・製本　凸版印刷株式会社

N.D.C.913/279p/15cm
ISBN978-4-591-16471-6
落丁・乱丁本はお取り替えいたします。
小社宛にご連絡下さい。
電話番号　〇一二〇-六六六-五五三
受付時間は、月～金曜日、9時～17時です(祝日・休日は除く)。

P8101390